Staub.

So dicht, dass nicht einmal die Sonne zu sehen ist. Vielleicht ist es aber auch gar nicht mehr Tag, sondern Nacht. Es hat keine Bedeutung, schon gar nicht im Einsatz. Da zählt nur das Erreichen etwas. Der Rest ist für die Presse. Mehr darf sie auch gar nicht sehen.

Ich weiß schon gar nicht mehr, wie viele Tage wir unterwegs sind. Die von der Presse wissen es sicher, würden nicht auch diese Daten von oben gefakt. Aber ein bisschen können wir ihnen lassen. Sie glauben ja an Statistiken. Müssen sie. Entscheidend ist aber die Information.

„Hinter dieser Welt lügt eine andere."

Jake.

„'Liegt' wolltest Du sagen," höre ich John R.

„Lügt."

„A-ha!" John R. versteht nicht. Beide sind sie sehr gesprächig heute. Das kommt von unseren besten und liebsten Freunden hier. Wir schmeißen sie seit Wochen rein.

Der Staub. Nicht einmal die Schwärze der Nacht zeigt er uns.

Er konnte ihr nicht ausweichen. Dumm war es. Aber der Regen zwang sie beide unter diesen Schirm. Es gab nichts, wo sie sich hätten unterstellen können auf diesem winzigen, gottverlassenen Bahnhof. Es war, als hätte sie es sich ausgedacht. Sie wollte ja, dass er sie zur Bahn begleitete. Natürlich wusste er, dass sie ihn ansah. Sie hatte ihn in die Ecke gedrängt. Erstaunlich!

Er hatte auf eine Frage nicht so reagiert, wie sie von ihm erwartet hatte. Darauf reagierte sie, wie er es erwartet hatte. Im Prinzip hatte er nur darauf gewartet. Dabei war er nicht böswillig. Nein, das konnte man nicht sagen. Es musste nur so sein. Jede Geschichte muss einmal enden.

– Wortlos.

Und da war das Erstaunliche geschehen: Sie war ihm nachgelaufen. Nun standen sie hier im Regen unter dem Regenschirm.

„Was willst Du eigentlich?" fragte sie – zum wiederholten Male.

Er schaute an ihr vorbei in den Regen. Es war so einfach. Sag es – und gut is'. Ohne dass er hätte darüber nachdenken müssen, warteten die Sätze einfach nur darauf, gesagt zu werden. Das Übliche halt: Routine. – Er schwieg.

„Was sind wir? Ich denke, wir sind für das Land hier, was mal die Mongolen für Europa waren – oder was die Tartaren waren." Wieder Jake.

„Intellektueller!!" Ja, John R. mag sie nicht. Ich kann ihn verstehen. Unter den Einfachen haben sie nichts verloren. Die sind zu hoch für sie. Wie überhaupt. – John R. ist nicht dumm.

„Nein, wir sind keine Mongolen oder Tartaren. Die haben doch nur gekämpft, weil sie fressen wollten. Zufällig sind die dabei nach Europa gelangt. – Wir sind

‚Universal Soldiers'. Wir kämpfen für eine universale Idee und ihre Umsetzung. Wir sind hier, um die Menschen dahin zu erziehen." Na, komm. Beiß an.

„Was? Wir sind Lehrer?? Wir kämpfen für eine Idee? Sind wir Kommunisten???" Es macht ihm sichtlich Spaß.

John R. schaut mich an: „Du auch so ein In... In... Du auch so eine aus der Fresse furzende Dumpfbacke, Django?"

„Keiner kann etwas für seinen Namen, wenn *Mutter* ihn ausgesucht hat," antworte ich.

„Scheiße, Mann!! Gleich zwei Philosophen!!!!"

„Töten ist ein Beruf wie jeder andere auch, John," sage ich.

„Wenn wir es nicht machen, macht es ein anderer. Und wenn es nicht einer von uns ist, ist es der falsche – oder er macht es falsch. Darum sind wir hier. Es ist eine Notwendigkeit," entgegnet John R.

Das Fahrzeug schaukelt mit einem Male.

Der Sturm oder die Straße oder Beschuss.

Während er schwieg, redete sie. Sie redete sich richtig hinein. Und sie lag in den meisten Dingen richtig. Und das war schon wieder erstaunlich! Sie kannte ihn gut. Sie kam auch auf eine Trennung zu sprechen.

„Was sollen wir tun? Willst Du, dass wir uns trennen?"

War es das, was er wollte? Ja, baute sie ihm hier nicht die Brücke, die er verlangte? Er brauchte gar nichts zu sagen, sie kam von allein drauf. – Wo hatte er das gehört, dass man sich an nichts binden solle, das man nicht in 30 Sekunden verlassen könne?

30 Sekunden! Das war eine viel zu lange Zeitspanne. Es war eine Ewigkeit, in der zu viel passieren konnte. Nein, sofort musste man sich trennen. Information – Reaktion. Schlag – Gegenschlag. Und das muss reichen! Man muss seinen Gegner so gut kennen, dass ein einziger Schlag, eine einzige Aktion, ja, eine einzige

Handlung wie ein Augenaufschlag ausreicht, um den Feind für immer zu vernichten. Das ist das Ziel. Das ist die Kunst.

„Wie händeln das erwachsene Menschen, von denen Du vorhin gesprochen hast? Ich bin ja noch ein Kind. Ich weiß nichts. Habe keinen Plan."

Er sah nicht ihr Gesicht. Wozu auch. Es hatte keine Bedeutung für ihn. Alles lief natürlich ab.

Aus seiner Tasche nahm er einen Gegenstand, den sie ihm erst vorhin gegeben, ihm ausgeliehen hatte.

„Du willst Dich trennen? So schnell kannst Du Dich entscheiden?" Ihre Stimme ging in einem Schluchzen unter. Sie wand sich ab.

Sie nahm den Gegenstand nicht. Er sah und hörte, daß der Regen dichter wurde.

Sie wollte ihm über die Wange streicheln. Das hatte er gemocht.

„Nicht."

„Du willst Dich trennen?

„Wenn Du es sagst?"

Sie schwieg zunächst, bevor sie fragte: „Warum kämpfst Du nicht?"

Eine traurige Frage. Er sah ihr Gesicht nicht. Er verfluchte den Regen. Er fragte sich, wie lange es noch dauern würde. Er war müde, wollte in seine Wohnung. Was reden?

„Wie... wie kannst Du nur... so... .... schnell... nachdem... was..... Du gesagt –"

Da war es: sie weinte. Sie weinte. Logisch. Natürlich. Es läuft alles nach dem gleichen Prinzip.

Nur er nicht. Das Weinen war ihm fremd, wie die ganze Szene sich fern von ihm abspielte. Wieso weinte sie? War es diesen Aufwand wert? Kannte sie ihn nicht?

Er umarmte sie. Sie ließ es geschehen. Weinte weiter.

Später: „Warum tust Du das?" – Er schwieg, drückte sie an sich. Sie weinte weiter.

„Warum tust Du das?" Wieder schweig er. Er wollte nicht reden. Hasste es. Sie schlang ihre Arme um ihn.

Sie nahm seine Hand. Wie selbstverständlich, nein, wie, um ihn festzuhalten. Durch den Regen gingen sie Hand in Hand den Weg zurück zu ihm. Sie wirkte nachdenklich, wie er sie jetzt anschaute. Zu lange sagte sie ihm nichts.

„Was denkst Du?"

„Ich denke darüber nach, dass Du bereit warst, so schnell aufzugeben."

Entschieden ist entschieden. Und das war vor ihr. – Das konnte er ihr nicht sagen. Vielleicht, weil sie das nicht akzeptiert hatte. Vielleicht, weil es gar nicht die Wahrheit war. Vielleicht weil er auch einfach nicht den billigen rhetorischen Erfolg wollte.

So kann eine Geschichte enden.

Er wählte einen Ausweg, der keiner war: „Ich muss lernen zu kämpfen. Darum habe ich Dich umarmt."

Sie küsste ihn.

Früher Morgen. Ich marschiere durch diese winzige und in Staub gehüllte abgefuckte Stadt. Da ist ein kleines Mädchen. Das schaut mich an. Ich lächele freundlich und grüße es.

„Warum grüßt Du mich?" fragt mich eine Fratze.

„Einfach so!" antworte ich reflexhaft – im gleichen Moment die Verletzung spürend: Es ist mein Land. Es ist nicht mehr ihr Land. Ich ballere sie nieder. Und weiter geht es in unserer Routine.

Am Ende der Straße sagt John R.: „Kleines Biest. Was aus der mal wird?"

„Die Frage ist nicht, was sie wird, John. Denn das, was sie wird, ist sie schon."

„Recht hast Du, Jake. Eine Nutte ist sie. Sie hasst uns für unser Geld."

„Hinter dieser Welt lügt eine andere," singt Jake.

Und da ist es: unser Ziel. Der winzige Bahnhof dieses nicht mehr existierenden Kaffs. Ich schaue zurück. Waren wir das alles gewesen? So lange sind wir doch noch gar nicht hier.

Jake gibt das Zeichen.

Wir stürmten den Bahnhof und sind in wenigen Schritten auf dem einzigen Bahnsteig dieses mickrigen Winzdings.

Wir hätten uns aber gar nicht so sehr zu beeilen brauchen! Unsere Bomber hatten ganze Arbeit geleistet. Vor uns ragt das ausgebrannte Wrack eines Zuges. Es raucht noch.

Ich scanne den Bahnsteig in beiden Richtungen rauf und runter.

Kann das sein? Seh ich richtig? Stehen da wirklich zwei Personen wenige Meter vor uns den Bahnsteig rauf? Direkt vor den noch brennenden Trümmern des Zuges?

Ich schaue genauer hin. Nein, ich seh richtig. Da stehen zwei junge Leute unter... – nein, das kann nicht stimmen – unter einem Regenschirm!

Ich schaue noch genauer hin – und gottverdammte Riesenscheiße! Es kann nicht sein. Es müssen die verwichsten Drogen sein. Es...

Der junge Mann unter dem Regenschirm wirft mir einen flüchtigen Blick zu. Ich... Ich werfe mir einen völlig gehetzten Blick zu!

John R., der unbemerkt zu mir gekommen ist, legt seine Hand auf meine Schulter: „Was ist? Glotzt, als wär dir die Rice nackt begegnet."

Ich schwenke meine Kanone auf die beiden jungen Leute vor mir: auf sie und mich: auf uns.

„Haben dir die gottverfluchten Pillen schon derart das Gehirn verhäckselt, dass du sie nicht sehen kannst?" schrei ich ihn an.

„Wen?"

Ich gebe zwei Salven in ihre Richtung: „Sie."

Sacht legt John R. seine Hand auf den Lauf meiner Kanone. „Lass man", sagt er beruhigend.

Er geht nach vorne. Die Kanone geschultert kniet er sich neben die zwei zerfetzten und bis zur Unkenntnis verkohlten Leichen.

Es will einfach nicht aufhören zu regnen.

2003/2009

Kapitel 1

„Es ist nicht meine Welt, es ist nicht meine Welt, es ist nicht…" – die ganze Zeit nur diese Gedanken im Kopf, während ich staubbedeckt den einsamen Weg von der Party zu meinem Auto zurücklege. Kalt ist es, dunkel ist es und nichts, was mir helfen könnte.

Schritte hinter mir, werden lauter. Dazu Stimmen. Ein Pärchen, wie es scheint. Der Wind fegt mir kalt ins Genick, dreht und schlägt voller Wucht gegen eines meiner porösen Trommelfelle, Schmerzen. Egal, Hauptsache ich komme hier weg. Ich muß hier weg, ihre Welt ist nicht meine Welt, ihr Leben nicht mein Leben, ihr Tod nicht mein Tod.

Das Pärchen neben mir lacht, gefalle mich in Selbstmitleid. Das einzige, wozu ich überhaupt fähig bin. Der Antiheld. Greife, wie in vergleichbaren Situationen vorher, den Gedanken eines Romans auf. – Mit irgend etwas muß ich mich ja beschäftigen und mich damit gleichzeitig über die anderen stellen. Doch es gelingt diesmal nicht: „Es ist nicht meine Welt, es ist nicht meine Welt, es ist…" Ich werde es einfach nicht los.

Das Pärchen überholt mich lachend, der Wind kommt von vorne. Eine Straßenlaterne wirft Licht auf die beiden; ich mache einen Bogen, bleibe im Schwarz der Nacht. Angeheitert sehen sie aus – seid ohne Sorge.

Beneid ich sie? – Garantiert; will es mir aber nicht eingestehen. Wozu auch? Würde die Welt, die nicht meine ist, dadurch anders?

Ich glaube nicht. (Mein Fehler ist, nicht *Nein* sagen zu können.)

Bis zum Auto ist es nicht mehr weit, wenige Schritte noch, dann bin ich da – gerettet.

Mein Auto, endlich. Ich setz mich rein, bin geborgen. Der Motor macht keine Mucken, sicher fahr ich nach Hause. Entspannt oder auch nicht. Auf jeden Fall froh auf das Zurücksein in meiner Welt.

Kapitel 2

Es war vor drei Tagen. Ich saß in meinem Arbeitszimmer und war gerade dabei, eine Kurzgeschichte zu beenden, wobei ich selbstgemachten Käsekuchen aß.

Das Telefon klingelte. Verärgert legte ich den Schreiber weg, schaute auf die Uhr: 21:07 Uhr. Wer ruft um diese Uhrzeit noch an? Eigentlich keiner, so daß es sich um eine wichtige Sache handeln mußte.

Erneutes Klingeln – sollte ich rangehen oder nicht? Ich entschied mich fürs Letztere, marschierte in den Flur, wo das Telefon stand, und hob ab. Eine kurze Verzögerung, um den Namen nicht zu schnell auszusprechen, dann: „Henry Oblivisci."

„Hallo, hier ist Ulrike Eslingen." – Sie war es also. Sie, die mich vor nicht einmal zwei Monate hatte so peinlich abblitzen lassen.

Vergangenheit.

Was konnte sie nur wollen? Ich tat freudig überrascht: „Nett, daß Du anrufst. Zwar ein bißchen spät, aber der Glücklichen schlägt wohl keine Stunde."

„Ha, ha! Laß Deine Ironie stecken. Ich weiß, daß es spät ist." Hier machte sie eine bedeutungsvolle

Pause, bevor sie mit einer unbedeutenden Frage fortfuhr: „Und wie geht es Dir so?"

Da mir immer noch nicht klar war, warum sie mich anrief und ich außerdem solche Fragen hasse, antwortete ich floskelhaft: „Ganz gut; bis aufs Wetter. Es könnte besser sein. Zu kalt für diese Jahreszeit."

„Hast recht, Henry. Aber hör, weswegen ich anrufe: Ich sitz hier zusammen mit Steff, von der ich Dich grüßen soll, und wir beiden Hübschen haben so darüber gesprochen, was man wohl so machen kann. Irgendwo was losreißen. Uns fiel da die Party bei Tangens ein, da wollen wir hingehen. Zum Tanz in den Mai." Wieder eine ihrer berüchtigten bedeutungsvollen Pausen, der zögerlich folgende Überlegung folgte: „Nun... Henry,... ich weiß ja, daß Du nicht gerne zu Partys gehst. ... Trotzdem... dachte ich mir... weißt Du?... warum ihn nicht fragen, ob er mitwill? Du magst Feten nicht, aber es wäre eine Möglichkeit, uns nach langer Zeit mal wiederzusehen."

„Ich muß Dich enttäuschen, Ulrike. Ich kann heute nicht, weil ich gerade Käsekuchen backe." Eine Notlüge, um den Abend und die Kurzgeschichte zu retten.

„Oh! Mein Lieblingskuchen. Aber keine Sorge, Henry. Der Tanz in den Mai findet in zwei Tagen statt und nicht heute. Mit Yvonne habe ich schon telefoniert. Sie kommt. Komm doch bitte auch!!"

Son Scheiß! Die hatte mich am Wickel. In zwei Tagen hatte ich nichts vor und *Nein* zu sagen, war somit unmöglich. (Ich bin ein schwacher Charakter, der kaum eine Bitte abzuschlagen wagt und der in Klammersätzen redet.)

„Muß man da auch tanzen, Uli?"

„Heißt ja nicht umsonst *Tanz in den Mai?*" – So, und so einfach läßt Du es Dir wieder gefallen?

„Ich kann aber nicht tanzen. Und die Musik ist bestimmt auch son scheiß Lala. – Kann ich's mir noch überlegen?"

„Och, bitte Henry. Komm doch mit. Tu es Deiner Uli zuliebe und überlege es Dir schnell." – Wie schnell man wieder vertraulich ist...

„Das geht nicht so schnell." Alles in und an mir sträubte sich gegen einen Besuch einer derartigen Veranstaltung. Es gaukelt dir was vor, auf das du dann deine Hoffnungen setzt. Und dann verschwindet sie doch nur mit nem andern Kerl. Außer sie ist ganz blau. Dann kann es Steff selbst sein, die auserwählt ist. Unter der Veraussetzung, daß Steff ebenso hacke ist.

Wären nur Ulrike und meine schreckliche Inkonsequenz nicht.

„Bitte Henry. Laß Deine Uli nicht im Stich."

„Wieviel Bedenkzeit hab ich?"

„PIEP. Die Zeit ist abgelaufen."

„Gut."

Ich zögerte.

„Henri..."

„Ja, ich werde mitkommen."

Wie ich es haßte, wenn sie meinen Vornamen betont französisch aussprach.

„Toll. Wir treffen uns in zwei Tagen um 21:00 Uhr bei mir. Rufst Du bis dahin nicht bei mir an, um abzusagen, gehe ich davon aus, daß Du kommst."

„Ich werde da sein."

„Schön. Bis übermorgen. Tschüß."

„Ciao."

Sie legte auf, ich legte auf, wir hatten aufgelegt.

Der Abend war gelaufen, die Stimmung zum Schreiben vorbei. Ich hatte mich da auf etwas eingelassen, was ich an und für sich nicht wollte. War ich nicht zu alt für son Scheiß?

Was versprach ich mir durch diese Nachgiebigkeit? – Wütend marschierte ich ins Arbeitszimmer zurück. Ich aß den Kuchen ganz auf und starrte dabei verbittert auf die unfertige Geschichte.

Kapitel 3

Zwei Tage später: Ich, in etwas feinerer Kleidung als ungewöhnlich, mit meinem Auto auf dem Weg zu Ulrike. (Von mir zu ihr sind es per Auto nicht mehr als 15 Minuten, mit dem Fahrrad knapp das Doppelte.) Die Landschaft, an der ich vorbeidüse, war in das schummerige Licht der Straßenlaternen getaucht, irgendwie nichts Halbes und nichts Ganzes. Spiegelte meine Stimmung wider, wenn ich mich nicht irre. Ich hätte nicht zusagen dürfen, zog ein Gedanke in meinen Gehirnwindungen seine Bahnen. „Quatsch, das war schon richtig", wisperte es aus der hintersten Ecke meines Denkkastens. Unschlüssig, wie ich war und bin, saß ich am Steuer und immer auf dem Sprung umzukehren. Noch hätte ich umkehren können.

Ich tat es nicht.

Die Einfahrt zum Grundstück der Eslingens: kurz geblinkt und eingebogen. Vor der Garage hielt ich an und ein, stieg aus und stand so mit dem Rücken zum Eingang des Hauses. Ich hörte ein Geräusch und wußte, daß sie in der Haustür stand. Provozierend langsam, wie ich ab und an sein konnte, als ob ich nichts gehört hätte, fummelte ich an der Wagentür, schloß sie ab.

Ich drehte mich um.

Sie stand noch immer im Eingang, Licht und Entfernung machten sie mir nur umrißartig kenntlich.

„Hallo, Uli."

Ich ging auf sie zu; jetzt setzte auch sie sich in Bewegung.

„Hi, Henry!"

Hatte die sich rausgemacht. Auf der einen Seite war es sicher nicht großartig, schließlich war das hier nur Land, und ich kannte Damen ganz anderen Kalibers – jedoch: für mich, der scharf auf sie war, reichte es hinlänglich aus! Wie gerne hätte ich sie jetzt umarmt!! (Und ich meine **Umarmen**, nicht dieses Schikeria-Bussilinks-Pussyrechts-Gesabbere!!) Jedoch: Ich hielt mich zurück, schließlich war da die Sache von vor zwei Monaten. Sie hatte mir einen Freundschaftskorb mit der Möglichkeit einer Entwicklung gegeben. (Verstehe das, wer will.) Für mich war es – vielleicht typisch männlich? – unbefriedigend, denn so konnte ich meinen Gefühlen nicht freien Lauf lassen.

Und das blockierte mich geradezu, ich wurde verstockt, nein, steif. Eben deshalb wäre eine Umarmung jetzt sehr befriedigend gewesen – jedoch... Man hätte es jedenfalls für schlechte Laune halten können.

„Wie ich sehe, hast Du den Führerschein: Herzlichen Glückwunsch, Henry."

„Danke." (Muß ich erwähnen, daß ich den Führerschein seit ewigen Zeiten habe, sie mich halt nur noch nicht fahren gesehen hat? Muß ich erwähnen, daß sie mir nicht die Hand gab?)

„War die Prüfung schwer?"

„Ne."

„Aha. Na, laß uns mal ins Haus gehen. Steff hat erst um Viertel vor Zehn Zeit. Wir werden sie um Zehn treffen und dann zu Tangens hinfahren."

„Dann kann ich erstmal wieder zu mir fahren und später wiederkommen." Ich drehte mich zu meinem Auto.

„Das wirst Du nicht. Yvonne wird gleich hier auftauchen."

Ulrike zog mich am Ärmel vom Auto weg, schnitt mir auf diese Weise den Fluchtweg ab.

„Wir werden übrigens mit Fahrrädern zu Tangens fahren. Wegen dem Alkohol", sagte sie fürderhin.

Des Alkohols.

„Ich trinke kein Alk. Darum bin ich mit dem Auto hier."

„Nichts da. Fahrrad ist sicherer."

Das ist die Pille auch.

„Wenn Du meinst."

Ich resignierte und begab mich in mein Schicksal. Wir gingen ins Haus. Ob was passierte, weiß ich nicht, da ich nicht darauf achtete. Höhnisch kreischend fiel die Tür hinter uns ins Schloß, in das K. nie gelangte.

Kapitel 4

Nun hieß es, der weiteren Entwicklung der sich entfalteten Angelegenheit zu harren – und zu hoffen.

Zunächst begrüßte ich mehr schlecht als recht ihre Eltern, mit denen sie in einem Haus wohnte. Sie hatte die Wohnung oben, die Eltern die Wohnung unten. Unten war auch die Küche, die sie sich alle teilten. In dieser Küche hielten sich die Eltern gerade auf. Sie taten so, als bemerkten sie meine Befangenheit nicht. Ich hatte schließlich ein Haus ganz für mich allein.

Anschließend betraten wir ihr Reich.

„Zieh Deine Jacke ruhig aus, solange wir hier sind."

Ich tat wie befohlen und wär nur zu gerne in was Bequemes geschlüpft. Ich fragte: „Wohin?"

„Leg's ruhig aufs Bett."

Darf ich Dich auch aufs Bett legen? – Ich legte die Jacke aufs Bett und zog zudem meine Autofahrer-Handschuhe, ein Spleen von mir, der jedoch zu gut zu meinem Auto paßt, ebenfalls aus und schmiß sie neben die Jacke.

„Magst Du was trinken oder essen?"

Höflich war sie.

„Nein, danke!"

„Setz Dich, wohin Du magst."

Ich spähte in dem Zimmer umher, in dem wir uns aufhielten. Es war eine Mischung zwischen Wohn- und Schlafzimmer. Eine Couch stand drin, ein paar Sessel und so weiter. Einzig das Bett schien mir geeignet. Ich ließ mich draufplumpsen.

Ulrike hockte sich mir gegenüber auf den Boden. Ich wagte sie kaum anzusehen.

„Wie geht es denn so?"

Womit wir wieder beim Wetter wären.

„Es..."   –

RRRRRRRRRRRRIIIIIIINGGGNNGGGGNNNGGR RRRRRIIIIINNNNGGNG. Die Türschelle. Errettet.

Sie sprang auf: „Das muß Yvonne sein."

Sie verließ das Zimmer, und ich folgte ihr. Die Befangenheit war nicht loszuwerden.

Kapitel 5

Ulrike hatte schon die Haustür aufgemacht, als ich zu ihr aufschloß. Im Türrahmen zeichnete sich die Gestalt Yvonnes ab. Geschminkt war sie, nun, würde ich es nicht besser wissen, ich hätte es als nuttig empfunden. Es war im Vergleich zu Ulrike eindeutig übertrieben. Man konnte sie gar nicht mehr sehen unter all der Grellheit.

Die Begrüßung der beiden war ausgesprochen herzlich. Ich dagegen hielt mich mehr im Hintergrund.

„Wir haben noch etwas Zeit", sagte Ulrike. „Steff treffen wir erst um Zehn. Wir fahren mit dem Fahrrad."

„Ach was! Ich wird doch von meinem Vater abgeholt", erwiderte Yvonne.

„Bist Du gar nicht mit dem Fahrrad da?"

„Nein, mein Vater hat mich gebracht."

„Was machen wir nun?" Ulrike dachte nach, während ich mich einfach nur aus diesem Kindergarten fortwünschte. Gott, war ich nicht zu alt für son Scheiß?

„Von wo will Dich Dein Vater abholen?"

„Von Tangens."

„Dann gibt es kein Problem. Ich habe zwei Räder. Auf das eine setzen wir uns, das andere kriegt Henry."

„Henry ist hier?"

Yvonne war überrascht. Also trat ich vor, um mich zu zeigen.

„Ciao, Yvonne. Ich bin hier."

„O! Hallo, Henry." Zu Ulrike sagte sie: „Kannst Du meinem Vater gerade den Weg nach Tangens erklären? Er kennt sich da doch nicht aus."

Jetzt erst fiel uns auf, daß da neben meinem ein weiterer Wagen im Hof stand.

„Klar. – Henry: Könntest Du schon mal die Räder aus der Garage holen? Wärst Du so lieb?"

„Ja."

Wir gingen raus. Der Vater Yvonnes parkte mit einem Wagen Marke Schlachtkreuzer in der Hofeinfahrt – also genaugenommen nicht im Hof, aber sei's drum. Das Licht war so schlecht, daß der Vater nur als dunkle Masse im Wagen zu erkennen war. Unförmig, fremd, furchteinflößend. Emotionslos holte ich die zwei Fahrräder aus der Garage: ein nagelneues und ein abbruchreifes. Son kaputtes Teil hatte ich noch nie gesehen. Gangschaltung im Arsch, der Zug der Vorderradbremse gerissen und lose umherbaumelnd, Rost allerorten. Zu dem Bike war kein Vertrauensverhältnis möglich. Es war schlichtweg fürn Arsch.

Die Fahrräder rauszuholen war schnell erledigt. Danach lehnte ich mich an mein Auto und beobachtete wie eine dunkle Masse (Ulrike) einer anderen fremdartigen Masse (Yvonnes Vater) den Weg erklärte. Es brauchte ausgesprochen lange. Soweit deutlich, sah ich, daß Ulrike den Weg sehr gestenreich erklärte, was entweder auf eine mangelnde Phantasie des Vaters schließen ließ – oder von einer nicht hundertprozentigen Ortskenntnis Ulrikes zeugte.

Ich jedenfalls nutzte die Gelegenheit und holte mein Odol raus, um mich zu erfrischen. (Damit bin ich im Gegensatz zu Ulrike oder auch Yvonne mit einfachen Dingen zufrieden zu stellen.)

Wenige Augenblicke später waren sie dann endlich fertig, der Schlachtkreuzer verschwand aus der Einfahrt. Wir gingen ins Haus zurück. Ich als letzter.

Kapitel 6

Höflich und nicht so verkrampft wie ich stellte sich Yvonne den Eltern Ulrikes vor. Anschließend betraten wir wieder Ulrikes Reich. Während sich Yvonne auf der Couch breitmachte, wo sie sich augenblicklich mit einem weißen Pülverchen beschäftigte, daß sie gegen ihre Allergie einnahm und das deswegen durch die Nase tun mußte, machte ich es mir wieder auf dem Bett bequem. Ulrike tat, als überlegte sie noch, wo sich hinzusetzen. Und als Dame tat sie so, als wäre sie über diverse Allergien erhaben. Wahrscheinlich weil sie kurz vor meiner Ankunft ihr Antiallergikum eingenommen hatte.

„Setz Dich ruhig auf den Boden oder hier aufs Bett", schlug ich vor und klopfte zum Unterstreichen meines Angebots neben mir auf die Bettdecke mit Janoschmotiven. Ich knockte den Tiger aus.

„Nein, nein", sagte sie mit einem sehnsuchtsvollen Blick auf das weiße Pülverchen, was sich gerade seinen Weg in Yvonnes Nase bahnte. (Yvonne stammt ursprünglich aus der Stadt, was für manche einiges, für einige alles erklärte. Daß ich aus der Stadt stamme, erklärte nichts für niemanden.) „Wartet. Ich hole mir einen Stuhl aus der Küche."

Ulrike verschwand, für kurze Zeit war ich mit Yvonne allein. An und für sich die Chance für ein peinliches Schweigen zwischen uns. Doch war ich nicht mit Yvonne allein, denn Yvonne war gerade jetzt mit sich zu zweit irgendwo. Oder doch nicht? Aus unerfindlichen Gründen fielen ihre Blicke aus den Weiten ihrer pulverumhüllten Zweisamkeit auf mich: „Was macht ihr in Deutsch, Henry?"

Die Erfindung einer Zeitmaschine, das war dieses Pülverchen. Befand sie sich gerade in unserer gemeinsamen Schulzeit? Oder hatte sie wieder etwas nicht mitgekriegt?

Wir waren mal zusammen in einer Klasse gewesen. Wir alle drei. Jedoch verließ Ulrike uns nach der zehnten Klasse mit qualifiziertem Realschulabschluß, um Arzthelferin zu lernen, und Yvonne verließ uns, weil ihr die Schule nicht mehr gefiel. Sie ging auf ein anderes Gymnasium. Mit Ulrike hatte ich den Kontakt durch Briefe und Besuche alle Jubeljahre aufrecht erhalten. Yvonne war mir dazu im Gegensatz egal. Ich grüßte sie allerhöchstens mal, wenn wir uns über den Weg liefen. Soviel zur Geschichte.

Zu welcher Geschichte? Son Scheiß, blabla. Warum mußte mir Ulrike den Rauch des Joints genau ins Gesicht blasasen?

„Kennst Du Musils *Törleß*?" fragte mich Ulrike gemütlich.

„Ja."

„Ein perverses Buch."

Pervers war die Tüte, die sie sich gebaut hatte. Sah aus wie ein Schwanz. *Törleß* war alles mögliche. Nur nicht pervers. Er war ein Freund von mir.

„Es ist eine psychologische Studie. Bukowski ist pervers." Das stimmte zwar ebensowenig. Doch bei Leuten, die von Literatur keine Ahnung haben, erweckte dieser Mann schon den Eindruck. Pervers ist Pilcher.

„Kenn ich nicht, das Buch aber ist pervers. Ich konnte es mir voll in die Muschi schieben." Sagte das jetzt Yvonne oder Ulrike? Ich brauchte frische Luft.

„Heute ein bißchen mürrisch, was?" fragte Ulrikesyvonne. „Ist mir vorhin schon aufgefallen."

Irgendwie saß Ulrike zwischen mir und Yvonne. Irgendwie hielt sie ihren Kopf Yvonne zugewandt und ihren Körper mir. Unter ihrem Hemd konnte ich ihre Brustwarzen aufgerichtet sehen. Sie zielten auf mich. Wie ihre Muschi, die aus ihrer offenstehenden Hose auf mich losmarschierte. Auf den Lippen ein Lied. – Wie ging es noch gleich??

„Laß uns nicht über Bücher sprechen. Die versteht hier sowieso keiner. Dafür haben wir auch nicht die Bildung", sagte Yvonne.

So sprachen sie über ihr gemeinsames Hobby: Reiten. Wer auf wem, das war jetzt die Frage, derweil ich versuchte, das Fenster aufzukriegen.

Von Zeit zu Zeit warf ich einen Blick zurück in Klarheit und tat irgend etwas, um nicht vergessen zu werden. Yvonne hatte nur ein mitleidiges Lächeln für mich übrig. Ich merkte, daß ich nicht in diese Runde gehörte, und Yvonne wußte es, sie genoß es.

Ansonsten war ich mit der Analyse von Ulrikes Körperhaltung beschäftigt. Es war eine Provokation: bis auf den Kopf alles zu mir gewandt, als wollte sie es mir dadurch wissen lassen. Gucken darfst du, aber mehr auch nicht. Oder vielleicht doch mehr. Aber dir wird nur mein Körper gehören. Einzig *lust*. Körperficken ja, Seeleficken nein.

Und für sone Großzügigkeit sollte ich wohlmöglich noch dankbar sein, was?

Wann war es endlich Zeit, endlich aufzubrechen und die Hausmittelchen zurückzulassen? Ich mußte weg von hier, raus aus diesem Reich, in dem jemand zu viel war. Was sollte ich eigentlich hier? Warum wollte mich Ulrike zu diesem dummen Brauch dabei haben? – Immer die gleichen Fragen und wie immer keine Antworten.

Ich war gefangen und drehte nun in der Zelle meine Kreise. No way out.

Kapitel 7

Ich wußte nicht, wie, jedoch war es plötzlich 22:00 Uhr. Steff mußte kommen, und wir nach Tangens losfahren.

Nichts geschah: kein Türklingeln, kein rein gar nichts. Ein nervöses Kribbeln überfiel meinen Körper. Es war an der Zeit: Weshalb kam die Hure nicht endlich?

22:10 Uhr. Nun wurde auch endlich Ulrike ungeduldig. Sie schaute aus dem Schoß Yvonnes heraus auf ihre Armbanduhr. Dann sah sie Yvonne und mich an. Sie schüttelte den Kopf, erhob sich.

„Wißt Ihr was?" fragte sie uns, die wir verneinten. „Wir machen uns schon mal startbereit."

Sie zog ihre Hosen hoch, rückte Bra und Hemd zurecht.

„Ist okay", sagte ich. Ich nahm meine Jacke vom Bett, erhob mich und folgte den beiden. Yvonne, die sich für alle Fälle noch schnell ein Tütchen Pulver gegen alle möglichen Allergien reinpfiff, warf mir einen nicht gerade begeisterten Blick zu. Aufmunternd nickte ich ihr zu, vor allem, da ich plötzlich Ulrikes Hand auf meinen Arsch spürte. Kurz spielte ihre Zunge mit einem meiner Ohrläppchen.

Draußen bei den Bikes ordnete Ulrike an, daß ich das neue bekam, während Yvonne das geschrottete erhalten sollte.

„Wo wirst Du sitzen? Bei wem?" fragte Yvonne Ulrike.

„Ich weiß noch nicht", spielte Ulrike die Unschlüssige, die mein Rad wie eine rollige Katze umschlich.

Die Warterei fand nun ihre Fortsetzung, wobei Yvonne verstohlen auf Ulrikes Titten spähte, während ich stumm und blind die vergeudeten Jahre meines verschwendeten Lebens abzählte, die noch meiner harrten. In den Startlöchern stehend warteten wir auf den Startschuß, warteten wir auf Steff.

Die Sonne war schon lange hinter den sieben Bergen in Transsylvanien untergegangen und Licht gab es im Hof jetzt nicht, so daß wir vollkommen im Dunkeln standen, was von Ulrike in der Form ausgenutzt wurde, daß sie meine Rechte ergriff, um ihre Form damit auszufüllen. Es geschah automatisch. Es war warm, auch wenn Yvonne zu frieren begann. Mir war es angenehm. Zudem war ich lieber draußen und wartete mit etwas in der Hand. Man hatte etwas, mit dem man sich beschäftigen konnte.

22:20 Uhr. „Kommt Steff und ihr Lover auf Rädern?" fragte ich.

„So haben wir es vereinbart", erwiderte Ulrike. „Wo bleiben die denn nur?"

„Was machen wir, wenn sie nicht auftauchen?"

„Sandwiches", sagte Ulrike.

„Wir werden ohne sie losfahren", sagte Yvonne.

Weitere zehn Minuten vergingen, ohne daß sich irgend etwas ereignete, daß unsere Tätigkeiten unterbrochen hätte. Yvonne rauchte mit Ulrike, während ich beiden Händchen halten sollte. Die beiden Frauen unterhielten sich über belangloses Zeugs. Diesmal ersparte ich mir unqualifizierte Nebenbemerkungen. Dafür war die Nacht noch zu jung, das Spektrum nicht weit genug geöffnet.

„Jetzt ist es halb Elf", bemerkte Ulrike unvermittelt, nachdem sie einen kurzen Blick auf ihre Leuchtziffernuhr getan hatte. „Sind die in fünf Minuten nicht da, fahren wir ohne sie. Sollen die dann sehen, wo sie bleiben."

Ulrike war anscheinend sauer, was sich in Verkrampfung zeigte. Yvonne bestärkte sie in ihren Ansichten, was Ekel in mir hervorrief. Elende Anbiedere. Ich zog mich zurück. (Noch hatte ich die Möglichkeit, mich zurückzuziehen von diesem ganzen Unternehmen und nicht einfach nur meine Hände aus dem Spiel lassen.)

Fünf Minuten später.

„Auf geht's!" Ulrike setzte ihr Rad, das heißt: meins, in Bewegung. Überrumpelt mußte ich mich auf Yvonnes Rad stürzen und mir dort einen Platz erkämpfen. Denn die wollte schon ohne mich losbrausen.

Ulrike hatte ordentlich was vorgelegt, und ich mußte ebenso ordentlich in die Pedale treten, wobei aber Yvonne eine derartige Randale veranstaltete, daß das Rad zur Seite kippte – und wir mit. Doch strengten wir uns schließlich so stark an, daß wir Ulrike einholten.

Die hatte nach 200 Metern gestoppt.

„Scheiße!"

„Was ist?" wollte ich wissen, der ebenfalls angehalten hatte.

„Das Vorderrad hat einen Platten."

Innerlich machte ich einen Luftsprung. Ein *deus ex machina* war auf meiner Seite. Ulrike hatte einen Platten. Es würde Ewigkeiten dauern, ihn zu reparieren – und wir verpaßten die Party, das Tanzen. Die einzige Chance, sie nicht zu verpassen, bestünde darin, mit meinem Auto hinzufahren.

Yvonne und Ulrike, beide sichtlich geknickt, stiegen von den Bikes.

Yvonne: „Was machen wir jetzt?"

Ulrike: „Wir schieben das Rad zurück nach Hause. Zum Glück sind wir nicht weit gekommen."

Yvonne: „Und was dann? Ich habe mich so auf Chris' Spritze gefreut." (Weiß der Geier, für was das steht.)

Ulrike: „Wenn ich das wüßte..."

Henry (also ich): „Ich bin doch mit dem Auto hier. Damit können wir zu Tangens fahren."

Ulrike: „Meinst Du?"

Henry (immer noch ich): „Na klar. Das ist die Lösung." (So könnte sie mich auch nicht abfüllen, um mich dann dazu zu bringen, sie zu ihren Bedingungen abzufüllen. Sie war der Typ, der scharf aufs Heiraten war.)

Ulrike überlegte kurz.

„Einverstanden."

Auch Yvonne schloß sich der Idee an.

Also schoben wir die Fahrräder zurück in ihren Stall und wechselten in mein Auto. Meine Stimmung stieg sichtlich, fuhren wir nun mit dem Auto und nicht mit dem Kinderspielzeug. Das gab mir mehr Bewegungsspielraum und Sicherheit, vor allem für die Rückfahrt ohne Yvonne. – Auf Steff verschwendeten wir vorerst keine Gedanken mehr.

Kapitel 8

In der Dunkelheit zu fahren und zu reiten, ist nicht immer leicht, vor allem, wenn man den Weg nicht kennt. Doch das nahm ich lieber in Kauf als die Kinderspielzeuge.

Ebenso nahm ich lieber in Kauf, herauszufinden, was für eine Spritze gemeint war, denn als ich mal kurz in den Rückspiegel schaue, erhalte ich eine Antwort darauf – und auf die Frage, warum Ulrike Arzthelferin geworden ist und warum Frauen zu zweit aufs Klo gehen. Son Scheiß! Und das in meinem Auto. Daß Yvonne darauf abfuhr, wußte ich. Daß Ulrike sich aber genauso geschickt selbst zu versorgen wußte, war mir bis dato unbekannt. So unbekannt wie der Weg, den mir Ulrike schilderte. Nebenbei fragte sie auch, ob ich nicht auch wolle.

Die Antwort darauf machte ersichtlich, warum ich kein Arzt bin.

Ich hasse Spritzen. Und war es nicht unbequem? Alk war doch viel leichter einzuführen als der Mist. Wo hatten die den Scheiß eigentlich so plötzlich her??

Ich schaute nicht mehr nach hinten, und so war die Fahrt zu Tangens kein Problem mehr. Die tiefschürfenden, enthüllenden Gespräche der beiden ließ ich an meinen Ohren vorbeiplätschern.

Wir wagten uns mit dem Auto in Regionen vor, in denen ich zuvor nicht nur nie gewesen war, sondern in denen auch Licht sich nie hatte blicken lassen. Mit Licht war es hier einfach Essig.

Dafür gab es viele Kurven, so daß ich sehr aufpassen mußte und dauernd am Kuppeln und am Schalten war. Es nervte mit der Zeit. (An und für sich liebe ich Automatik. Aber ich wollte Kultur und nicht einfach einen Wagen.)

Zum Glück ging es nach der letzten Kurve nur noch geradeaus. „Einfach der Nase nach", sagte Ulrike.

„Sind wir dann direkt bei Tangens?" fragte ich.

„Nein. Wir sind dann auf dem Parkplatz. Von da sind es 250 Meter zu Fuß", sagte Ulrike kichernd. „Scheiße, ne."

„Ja, Henri. Deshalb die Räder, weißt Du. Damit hätten wir überhaupt nicht laufen müssen."

Wir kamen am Parkplatz an, wo ich zwischen einem Opel Kadett und einem Golf I, beides typische Anfängermodelle, parkte. Er war eine Beleidigung für mein Auto und mich.

Wir stiegen aus und folgten Ulrike, die vor uns herschwebte. Sie kannte den Weg.

Die Unterhaltung aus dem Auto zwischen Ulrike und Yvonne fand hier ihre Fortsetzung, wenn auch unterbrochen durch ein zwischenzeitliches in die Büsche ziehen und Dinge tun, die des Nachdenkens nicht weiter wert waren.

Um nicht ganz blöd dazustehen, erzählte ich Ulrike einen Traum, den ich vor ein paar Nächten hatte: „Eines Morgens schlurfe ich in mein Badezimmer. Dort steht vor der Dusche – nackt und geil natürlich, also: feucht – eine Frau. Ihr Kopf verschwindet gerade in einem Badetuch, so daß ich ihr Gesicht nicht sehen kann. Die Frau bemerkt nicht, auch wenn ihr Körper mich bemerkt. Erschrocken und beschämt gehe ich in die Küche, wo die Aufwartfrau das Frühstück zubereitet. Ich frage sie, wer das denn da im Bad sein könne. Sie sagt, das sei die Uli."

Ich schwieg nun, um Ulrikes Reaktion beobachten zu können. So gut es in der Schwärze der Nacht möglich war. Sie sagte nichts, reagierte gar nicht. Yvonne blieb ebenfalls stumm. Es trat, so glaube ich, eine peinliche Stille ein.

Da wir jedoch wenige Schritte später bei Tangens anlangten, fiel es nicht weiter auf oder ins

Gewicht. Wir stürzten uns ‚freudig' in das Leben dieser Party.

Yeah!

Kapitel 9

Tangens war eine Privatparty in einer Bar, wenn man so will. Mit einer Schießbude und einem Frittenstand vor dem Eingang. Ich brauchte nicht scharf hinzusehen: Die Jugend der Umgebung hatte sich hier versammelt, fast alles bekannte Gesichter, die hier in Gruppen und Grüppchen zusammenstanden, schwatzten, lachten, tanzten, tranken, kifften, küßten. Dazu die laute Musik aus der Bar, nichts anderes als ein Schuppen. Dazu das Zischen von Fett aus der Bude, das Geknalle der Luftgewehre. Die allgemeine Stimmung schien ausgezeichnet, wohingegen meine gegen Null rutschte. *Hallo* hier, *Hi* da, *Hey* dort: man kannte und war gekannt. Mir war jetzt schon, kaum richtig anwesend, schon klar, daß es ein mächtig böser Fehler war, mitzukommen. Der Kindergarten hatte Freigang.

Für die Veranstalter lohnte es sich jedenfalls.

„Was machen wir jetzt?" fragte ich Ulrike.

„Na, was schon? Tanzen."

„Tanzen?"

„Ja, Henry. Tanzen."

„Kostet das eigentlich Eintritt?"

„Ein Zehner, Henry. Bitte."

Hatte ich also nicht umsonst ausreichend Geld eingesteckt.

Da wandte sich plötzlich Yvonne zu mir: „Willst Du überhaupt mit rein? Sie spielen Deine Musik nicht. Und tanzen magst Du doch auch nicht."

Sie hatte recht. Wir alle wußten es. Ich kämpfte mit mir. Schlagartig wurde mir die Lächerlichkeit meiner Anwesenheit deutlich. Ich war hier überflüssig. Yvonne hatte recht, und Ulrike machte ein betretendes Gesicht.

„Kommst Du mit rein? Bitte. Ich verspreche Dir dann auch einen Wunsch."

Ich konnte einer Frau, genauer: dieser Frau nichts abschlagen. Lag da in ihren Augen nicht wirklich ein Versprechen auf...? War ich deswegen mitgekommen? Ich zückte meine Geldbörse und wir machten uns auf, zu löhnen.

Die fünfzigjährigen Kerle wirkten wie ich deplaziert unter all diesen Kindern hier. Aber sie kassierten den Eintritt und verpaßten uns Plastikarmbänder.

Die Bar war gerammelt voll, obwohl gerammelt wurde in den angrenzenden Räumen. Die Luft war alkohol-, gras-, rauch- und schweißgeschwängert. Verbraucht, aber voller Leben und Lärm. Der Raum war voll, besaß aber Abfüllanlagen, Bühne und eine Tanzfläche. Die Bühne hatte eine grottenschlechte Vorhofband eingenommen und dudelte irgend son Top40-Müll. Davor machte das junge Gehüpfe sein Gehopse. Es war zum Kotzen.

Mühselig drängelten wir uns nach vorne. Ich mit wachsenden Widerwillen und anschwellenden Ohrenschmerzen. Yvonne und Ulrike mit wachsender Begeisterung und Tanzeslust, die beides eine Steigerung erfuhren, nachdem sie Sachen gegen Kopfschmerzen eingeworfen hatten. Einer Menge Leute trampelte ich auf ihre Quadratlatschen, wofür ich mich dann schreiend entschuldigte. Die kriegten aber kaum was mit, so weg wie die waren.

Bei der Tanzfläche angekommen brüllte Ulrike mir was zu. Ich verstand gar nichts. Deswegen beugte ich mich zu ihr runter, so daß sie mir direkt ins Ohr kreischen konnte: „Los, Henry! Tanzen."

Ich wich zurück: „Nein!"

„Was hast du gesagt?"

„NEIN!"

„Mensch, Henri! Mach schon. Mir zu liebe. Dann liebe ich Dich auch ganz dolle."

Habe ich jemals einer Frau etwas abgeschlagen? Ich wollte eigentlich nicht auf die Welt. Aber meiner Mutter zuliebe bin ich brav gekommen und... das Übliche halt.

Folglich versuchte ich zu tanzen. Es mißlang jedoch wie erwartet. Es waren einfach zu viele Leute da, die Musik war nicht meine. Ich konnte mich nicht fallenlassen. Das Großhirn behielt alles in der Hand, wie auch ihre Hände alles in der Hand hatten.

Sie kriegte jedenfalls nichts mit, war irgendwo, derweil ich mich quälte. Schließlich löste ich mich von ihr. Wir trennten uns. Ulrike und Yvonne entschieden sich, nach Steff zu schauen, ich wollte nur nach draußen.

Für Dreck auch noch Geld ausgeben. Das passiert nur hier.

Kapitel 10

Die Luft draußen war eindeutig besser. Und wie es sich für solche Rituale gehörte, mischten sich unter die Kinder, auch Menschen, die noch einmal jung sein wollten, obwohl sie es an und für sich nicht waren. Menschen, die man kennt. Menschen, die einen kennen.

Plötzlich klopfte mir jemand auf die Schulter: „Herrgott, Henry. Du hier?"

Es war Georg. Er wußte, daß ich nicht zu solchen Veranstaltungen ging. Deshalb war er auch überrascht, mich hier anzutreffen.

„Es geschehen manchmal Dinge, die widerstehen jeder vernünftigen Logik."

„Ich verstehe. Ein Mädchen hat Dich hergeschleppt."

„Ja. Ulrike."

„Die kenn ich. Geiles Geschoß. Läßt aber nicht jeden ran. Pingelig."

Der Junge begriff es – und begriff es nicht.

Georg war nicht allein hier, sondern mit einem Freund. Es war Norbert. Wir kannten uns. Und da er in bierseliger Laune schwelgte, lud er mich und Georg ein.

Wir kämpften uns wieder in die Bar.

„Mann der Theke. Bier für mich und meine Freunde hier. Aber hurtig. Das blöde Bier geht immer so schnell aus."

Von mir wollte Norbert wissen, ob ich immer noch so gute Leistungen brachte. Da mir klar war, was er nicht meinte, und wieviel Zeit seit unserer letzten Begegnung verstrichen war, nickte ich nur. Wir waren ja so jung.

Das Bier war schnell auf der Theke – und noch schneller ex. (Ich hasse Alk. Aber wer kann schon *Nein* sagen?)

Wir tranken noch ein paar Bierchen zusammen, wobei ich stets darauf achtete, daß es mein zweites blieb, und sprachen über Autos. Über Frauen wollte Norbert nicht sprechen, auch wenn das Thema Georg brennend (oder juckend?) interessierte. Irgendwann bemerkten die beiden dann eine Clique von Typen, die sie kannten und verzogen sich dahin.

Ich machte mich daran, Ausschau nach Ulrike, Yvonne und Steff zu halten. Es war an der Zeit.

Kapitel 11

Die gleiche beschissene Band, die gleiche gehirnkranke Lala. Die gleichen Typen vor der Bühne. Es stank zum Himmel, hätte es ihn in dieser Hölle der Unsinnigkeiten gegeben.

Von den Gesuchten war niemand zu sehen. Mir fiel auf, daß Körpersprache heute Abend wichtig war. Besonders, als ich herumgerissen wurde und Steff vor mir stand.

Sie nahm mich an der Hand und führte mich zu einer Tür hinter die Bühne. Von ihrem Lover war keine Spur. Wo der wohl war?

Ich wußte, was für Räume hinter dieser Tür lagen. Und es gab eine Zeit, da hätte ich dafür alles gegeben, daß dieses junge, sexy Ding Steff mit mir dahin wollte. Zeiten ändern sich, bzw. die Menschen. Andererseits: Warum nicht?

Wir kamen in einem Flur, der nur matt beleuchtet war. Links und rechts waren Türen. Die meisten Räume mußten den Geräuschen entsprechend besetzt sein. Ich wollte fragen, was sie vorhatte, Steff jedoch machte mir ein Zeichen, zu schweigen.

Am Ende des Flurs machte sie eine Tür auf. Die führte in einen kleinen Vorraum. Dieser Vorraum war durch einen Vorhang von einem anderen Zimmer abgetrennt. Steff lüpfte den Vorhang leicht und ließ mich schauen.

„Ja, bumst mich. Für..."

Das war was ich hörte. Was ich sah, war nicht ganz so deutlich. Es schien mir aber Ulrike zu sein, wie sich von Chris die Spritze in ihr Loch jagen ließ, während gleichzeitig von hinten Steffs Lover sie besprang. Und sie selbst leckte Yvonnes Fotze. Multiple-choice-orgasm. So, glaub ich, war's.

Ich kotze.

Ich wanke nach draußen in die Bar.

Kapitel 12

Die Luft stand. Ich sah, wie ein Mädchen aus der Bar getragen wurde, Sie war ohnmächtig geworden. Ich war kurz davor. Das Lachen Steffs klang mir noch in den Ohren, übertönte die widerliche Musik.

Ich war noch nie umgeklappt. Das würde mir auch jetzt nicht passieren. Das Großhirn hatte alles in der Hand.

Ganz gesund muß ich aber nicht ausgesehen haben, sonst hätten Norbert und Georg nicht so erschreckt geglotzt, als wir uns vor der Frittenbude erneut begegneten.

„Herrgott, Henry. Was hast Du?"

Als Antwort kotzte ich ihnen vor die Füße.

„Siehst Du, Georg? Ich wußte doch, daß der kein Alk nicht vertragen tut", lallte Norbert.

Sie klopften mir gütig auf die Schultern.

Es war nur Scheiße.

Auf dem Weg zum Auto wunderte ich mich über eine Straßenlaterne, die vorher nicht da war. Vielleicht war ich auch nur am falschen Platz.

Kapitel 13

37

Eine Kurve – und: Zuhause, der sichere Hafen. Schnell das Auto geparkt, raus aus dem Auto, rein ins Haus, raus aus den Klamotten, rein in die Dusche, raus auser Dusche.

Bett. Rest in peace.

Am Mittag des gleichen Tages, dem 1. Mai, klingelt das Telefon.

Mühsam schleppe ich mich aus dem Bett. Das Denken will noch nicht so.

„Henry Oblivisci hier."

„Hier ist Ulrike."

Das wäre so ein Moment, wo man den Hörer fallen läßt vor lauter Schreck. Oder wo man zum Amokläufer wird. Das Denken jedoch will noch nicht so.

„Ich ruf an, weil ich wissen will, was heute Nacht mit Dir los war. Erst stellst Du Dich so dämlich beim Tanzen an, dann verschwindest Du einfach so. Läßt mich sitzen. Wären Steff und ihr Freund nicht gewesen, hätte ich nach Hause laufen müssen."

Bei dem Drogengehalt? Hast Du nicht fliegen können??

Das Denken will nicht so: „Entschuldige Ulrike. Als ich mich vom Acker machte, hatte ich ganz vergessen, daß Du mit mir gekommen warst. Ich wollte weg, verstehst Du?"

„Da gibt es gar nichts mehr zu entschuldigen. Passiert ist passiert. Ich möchte nur wissen, was Dich geritten hat, daß Du Dich so kindisch benommen hast."

Mich??

Wie wär's mit ner Ausrede, um die Sache schnell zu beenden: „Muß der Alk gewesen sein."

„Das glaubst Du doch selber nicht."

„Warum nicht? Das Tanzen war mir so peinlich."

„Das Tanzen mit Dir war schön. So etwas ist Dir also peinlich?"

Schweigen meinerseits. Die Frage war: Wozu brauchte sie dieses Theater? Gut möglich, daß diese Frage jedoch nicht wichtig war (für sie/ uns/ die Menschheit).

„Dann sind Dir wohl auch Gefühle peinlich, was?"

Mir fällt nichts mehr ein. Gut möglich, daß diese Frage auch nicht wichtig ist.

„Henri, es tut mir leid, aber das ist krank für mich. Du bist krank."

Henri (also das Nichtich; leise): „Antiseptisch in seinem Glauben."

Ulrike (laut): „Was, Henri? Was hast Du gesagt?"

Henri (mechanisch): „Ich bin beziehungsunfähig, zur Freude unfähig. Zur Liebe untauglich."

„Das wäre unendlich traurig. Willst Du etwa Dein ganzes Leben so verbringen?" fragt sie.

Ich lächle. Meine Geschichte ist es schon lange nicht mehr. Daher: Auftritt des Misogynen.

„Sieht so aus."

„Aber warum? Was haben die Menschen Dir angetan, daß Du sie meidest?"

„Ich meide die Frauen."

„Die Menschen."

Auftritt des Misanthropen.

„Sie haben mich verletzt. Ich muß sie verletzen."

„Aha. Und deswegen zergehst Du in Selbstmitleid und machst Dir Dein Leben kaputt?"

„Sieht so aus."

„Und wie willst Du es erreichen, vollkommen allein zu leben? Um nicht verletzt zu werden, mußt Du die Gesellschaft fliehen."

Ich muß sie vernichten. Das jedoch dachte ich nur. Ich sage: „Ganz einfach. Ich gehe nach

Keinerda. Es gibt dort eine Insel, die liegt in der Nähe des Nordpols. Dorthin wandere ich aus."

„Henri! Das ist nicht Dein Ernst. Du spinnst."

Man kann das Triumphale in ihrer Stimme hören. Ich bin einfach zu alt für son Scheiß.

„Es ist mein voller Ernst. Keinerda. Menschenleer."

Mädel, ich habe Dich nicht gekannt. Ich wußte nicht, wer Du bist. Das ist meine Schuld.

„Wenn das so ist, Henri, dann ist Dir nicht zu helfen. In Zukunft laß mich in Ruhe. Kapiert? So ein Versager wie Dich, wer kann den schon wollen?"

„Entwicklung abgebrochen?"

„Es war nie was da. Du hast heute Nacht alles zerstört." Im Hintergrund höre ich eine andere Stimme lachen. Nein, es sind mehrere. „Es ist vorbei."

Ich schmecke das Wort. Es hat was, wenn es mich auch jetzt nicht berührt. Es kann mich nicht mehr berühren. Sie ist eine Fremde. „Gut."

Sie bläst Rauch in den Hörer und stöhnt kurz auf. Unter Keuchen sagt sie: „Gut? Gar nichts ist gut. Ende."

Ich lasse den Hörer sinken. Der fällt von allein auf die Gabel. Gemächlich gehe ich auf den Balkon. Es ist kein weiter Weg für gewöhnlich. Diesmal erscheint er mir jedoch lang.

Als ich auf den Balkon hinaustrete, umfängt mich eine befremdend fremde Landschaft.

Kapitel 14 (und Schluß)

„Das ist also Kanada", sage ich und lächle.

1996/2004

Eine ihr unbekannte Stimme weckte sie: „Guten Morgen. Es ist an der Zeit. Das Frühstück ist schon angerichtet."

Sie war sich nicht sicher, ob es sich nicht doch um einen Traum handelte. Darum öffnete sie vorsichtig nur ein Auge und spähte in die Richtung, aus der die Stimme gekommen war. Mit dem Kerl, der da neben dem Bett hockte, vermochte sie rein gar nichts anzufangen. Sie drehte sich auf die andere Seite und erbrach sich augenblicklich.

„Schöne Scheiße", sagte der Kerl, ging weg und kam kurz darauf mit einem Eimer warmen Wassers und Handtüchern und Wischlappen wieder, derweil sie dabei war, auch den letzten Rest ihrer Eingeweide auszuwürgen. Es kam jedoch nichts mehr.

Zunächst wischte er ihr das zugesaute Gesicht sauber, bevor er sie aus dem Bett holte und sie langsam zu einem Stuhl führte, wo sie sich niedersinken ließ. Sie konnte sich kaum auf den Beinen halten, so hundeelend war ihr. Ein Schmerz tanzte in ihrem Schädel Tango, derweil ihre Haut den Versuch wagte, unter Schweiß schockzugefrieren. Nachdem der Kerl sich vergewissert hatte, daß sie nicht beabsichtigte, kurzfristig zu kollabieren, machte er sich daran, die Schweinerei zu entfernen.

„Wo bin ich?" fragte sie matt, als er fast fertig war.

„Da ich nicht wusste, wo du wohnst, habe ich Dich zu mir genommen", sagte er. „Da fällt mir ein: Ich weiß nicht mal, wie du heißt."

Ganz behutsam sah sie sich um, was ihr äußerst schwerfiel, denn jeder Tropfen Licht verstärkte den Schmerz in ihrem Kopf. Aber der Kerl sprach die Wahrheit. Sie war nicht in ihrem Zimmer.

„Was... was ist passiert?"

Er blieb mit der vollgereiherten Bettwäsche vor ihr stehen: „Zuerst hast du abgerockt und dann abgekotzt und dann…" – Mit einer schwachen Handbewegung unterbrach sie ihn. Jetzt fiel es ihr wieder ein. Zwar konnte sie sich nicht an alle Details erinnern, aber an alles, was gestern geschehen war, bevor sie sich auf dieser Party zugedröhnt hatte. Das hatte sie doch, oder?

„Erzähl mir nichts mehr davon, bitte", sagte sie erschöpft.

Der Kerl nickte kurz und verließ den Raum. Wenige Momente darauf war er wieder bei ihr: „Geht's?"

„Wie heißt du?" fragte sie.

„Daniel Hare. Und du?"

„Miranda Matthews."

„Es freut mich, Ihre Bekanntschaft zu machen, Ms. Matthews." Er reichte ihr die Hand, in die sie saft- und kraftlos einschlug.

„Ich nehme an, ich werde allein frühstücken?"

„Es ist wohl besser so. Laß mich nur hier sitzen und mich ausruhen", antwortete sie.

„Wo denken Sie hin, Ms. Matthews?" fragte er sie gespielt entrüstet. „Die Pension Hare ist berühmt für ihren Service."

In Windeseile hatte er das Bett neu bezogen, sie auf seinen Armen hineingetragen und ihr eine Aspirin verabreicht. Rasch schlief sie ein. Sie hatte all dem nichts entgegenzusetzen und wollte es auch nicht.

Gegen Abend erwachte sie von allein. Ihr war nicht mehr übel, und der Kopfschmerz war fast ganz weg. Daniel saß in dem Stuhl dem Bett gegenüber und las.

„Hi!" sagte sie.

Er klappte das Buch zu und schaute sie freundlich an: „Besser?"

„Ja", erwiderte sie. „Hast du eine Dusche?"

„Klar. Deine Sachen sind auch schon gewaschen und getrocknet."

Ihr Gesicht lief mit einem Mal puterrot an. Unsicher spähte sie an sich hinunter. Das T-Shirt, das sie trug, war nicht ihres. Darunter fühlte sie jedoch ihren BH. Ihren Slip hatte sie auch noch an.

Sie warf die Bettdecke zurück und kam wackelig zum Stehen. Daniel sprang sofort herbei, um sie zu stützen. „Geht schon", wies sie ihn zurück. „Wo ist das Bad?"

„Erste Tür links. Handtücher und Deine Sachen liegen bereit", sagte er lächelnd. „Ich hab mir so was gedacht." Sie eierte ins Bad.

Nach gut anderthalb Stunden stand sie wieder in dem Raum, der Wohn- und Schlafzimmer zugleich war. Das Wasser hatte ihr dermaßen gut getan, daß sie gar nicht mehr darunter hervor wollte. Sie sah jetzt weit besser aus als am Morgen, die Wärme des Wassers hatte auch den letzten Rest Kopfschmerz aufgerieben. Was ihr fehlte, war ihr Make-up.

Daniel schaute von seinem Buch auf, als sie das Zimmer betrat: „Fertig?"

„Ja, ich will gehen."

Sofort war er auf den Beinen: „Ich bring dich."

Stumm musterte sie ihn. Versprach er sich etwas von seiner Hilfsbereitschaft? War da was geschehen letzte Nacht, von dem sie nichts wußte, was das hier aber erklärte? Sie wollte es nicht wissen, denn momentan ereilten sie andere Erinnerungen. Erinnerungen, die sie schaudern machten.

Ihm entging nicht, wie sich ihr Gesicht schlagartig verfinsterte: „Alles in Ordnung?" fragte er besorgt. Erneut musterte sie ihn. Er schien wahrhaftig besorgt. Und er schien keinerlei Hintergedanken zu haben.

„Es ist nichts. Wenn du willst, bring mich. Ich weiß sowieso nicht, wo ich hier bin."

„Clark-Baker-Street."

„Ach", sagte sie.

„Bis zu welchem Ort darf ich Ihnen mein Geleitschutz anbieten, Ms. Matthews?"

Sie wohnte in einem der Wohnheime auf dem Universitäts-Campus. Sie brauchte ihm nicht lange zu erklären, wie man dorthin gelangte, denn er selber studierte an dieser Universität.

„Und du hast deine eigene Wohnung?"

„Ich hab zwar ein Stipendium, aber die Vorschriften sind nicht allzu streng. Und seitdem ich meinen Bruder mal in seiner Kaserne besucht habe, habe ich was gegen alles, das wie ein Knast ist."

„Dein Bruder ist Soldat."

„Jawoll, Ma'am. Zur Zeit auf Irak-Tour, um genau zu sein."

Darauf wußte sie nichts zu erwidern.

„Ihm macht es Spaß im Irak. Er ist gerne Soldat. Wie unser alter Herr."

„Du nicht?"

„Würde ich Dich sonst in die Heimeligkeit deiner Studentenbude befördern, anstatt die Iraker von sich selbst zu befreien?"

Vor dem Wohnheim setzte Daniel sie ab und brauste davon. Er hatte nicht gefragt, ob er noch mit hoch dürfe, dabei wär sie durchaus nicht abgeneigt gewesen. Sie hätte ihm Vanessa, ihre Mitbewohnerin, vorgestellt. Sie war verrückt, jedoch auf eine sympathische Weise. Und sie war da, wie jeden Sonntagabend.

„Hat er angerufen, Vanessa?"

„Nein, Miranda."

Sie verspürte einen Stich. Dieser gottverdammte Bastard. Er hatte es also wahrhaftig ernst gemeint. Er hatte sie verlassen und verraten. Das ausgerechnet jetzt. Bastard!

„Ist ziemlich spät bei dir geworden, wie?" bemerkte Vanessa süffisant lächelnd. Die Herz-Schmerz-Geschichten Mirandas waren ihr nicht unbekannt. Ihr war schon länger klar, daß es mit Michael vorbei war. Wann würde es Miranda endlich begreifen?

„Ich war auf der Party bei Leslies", entgegnete Miranda.

„Ich verstehe."

„Oder auch nicht. Ich muß ins Bett."

„Ich verstehe", wiederholte Vanessa grinsend.

Miranda fuhr am nächsten Tag nach der Uni sofort zu ihrer Mutter ins Krankenhaus. Als sie deren Zimmer betrat, sah sie, daß sie nicht allein war. Ihr Vater war ebenfalls zu Besuch gekommen.

Sie blieb nicht lange. Es gab schlichtweg nicht viel zu sagen, denn die Untersuchungen liefen noch, und es war unklar, ob man ihre Mutter erneut operieren würde.

Ihr Vater begleitete sie zum Wagen.

„Deine Mutter und ich werden uns trennen", sagte er.

Sie blieb so abrupt stehen, daß sie beinahe gestürzt wäre. Ungläubig starrte sie ihn an, wie sie am Samstag Michael ungläubig angeglotzt hatte. Im Gegensatz zu Michael wich er ihrem Blick nicht aus.

„Es hat nichts damit zu tun", sagte er.

„Wie heißt sie?" schleuderte ihm Miranda wütend an den Kopf.

„Wie kommst du darauf?"

„Na, wenn alles wie aus einem Film entsprungen wirkt, so ist das nur eine logische Konsequenz!" Sie schrie fast: „Wie heißt sie?"

„Mira-Liebes. Du warst die letzten Jahre kaum zu Hause. Was weißt du?"

Sie entwandt sich seinen Händen: „Ich weiß, daß du Mama im Stich läßt."

Ihr Vater schüttelte betrübt den Kopf: „Das hat damit nichts zu tun! Vor Wochen schon haben wir uns darauf geeinigt." Er seufzte: „Wer konnte denn ahnen, daß ausgerechnet jetzt..."

„Red dich nur raus. Bastard. Es gibt keine Zufälle!" Sie hatte sich wieder in Bewegung gesetzt, und weil sie inzwischen außerhalb des Krankenhauses waren, ihre Zigaretten hervorgeholt und sich eine angesteckt. Ihr Vater hatte Mühe, ihr zu folgen.

„Bitte, Mira!"

„Warum heute? Warum muß ich es heute erfahren?"

„Weil ich diese Woche zu ihr ziehen werde. Die Packer sind bestellt, und es wäre zu teuer, ihnen zu kündigen."

„Was ist das denn nur für eine Ausrede?" kreischte sie, schlug die Wagentür zu und raste vom Parkplatz. Sie ließ ihren Vater einfach stehen, der nachdenklich ans Krankenbett seiner Frau zurückpilgerte.

„Wenn das nicht Ms. Matthews ist!"

Miranda schreckte hoch. Sie fühlte sich ertappt. Hatte sie für einen Augenblick nicht aufgepaßt! Wer stand jetzt nur vor ihr und lächelte nett? War es nicht dieser... dieser... Daniel! Sie spürte, wie sie blitzartig errötete. Hatte er etwa zusammen mit ihr den Kurs? Warum war er ihr bis dato nicht aufgefallen? Oder – ihr Blick fiel auf die Uhr über der Tafel: ihr Kurs war längst vorbei! Durch die Zugänge strömten schon die Leute für den nächsten. Sie hatte verpennt! Rasch raffte sie ihre Sachen zusammen.

„Alles in Ordnung?" fragte Daniel.

„Ja-ja", murmelte sie.

„Komisch", sagte er.

„Was *komisch*?" Sie hielt inne.

„Du hast bis eben nicht den Eindruck gemacht, daß alles in Ordnung ist. Du hast so ein Gesicht gezogen:" Daniel schnitt eine Grimasse, die einen finster dreinblickenden Sauertopf nachahmte. „Ist alles in Ordnung, schaut man so:" Mit seinen Finger zog er die Mundwinkel bis über beide Ohren, daß eine schauerliche Karikatur eines Lächelns entstand.

„Es gibt solche und solche Menschen", sagte sie.

„Fürwahr", entgegnete er. „Was ist los?"

„Was kümmert's dich?"

Nachdenklich blickte er auf sie hinunter: „Willst du drüber reden?"

„Wozu? Gibt ja doch keine Lösung."

„Es gibt immer eine Lösung."

„Ja-ja."

Wieder schaute er sie durchdringend an: „Ist es dir unangenehm?"

Sie antwortete nicht. Da hielt er ihr seine Hand hin: „Los! Ich will dir was zeigen..."

Sie sah ihn perplex an: „Du hast einen Kurs."

„Ich weiß. Los!" Er ergriff ihren Arm.

„Dein Kurs."

„Kein Problem. Los!! Es ist nichts Schlimmes."

„Was willst du mir zeigen?"

„Meinen Lieblingsplatz."

Eigentlich hatte sie keine Lust. Sie wollte ihre Ruhe. Er ließ jedoch nicht locker. Und eigentlich hatte sie schon Lust. Es war immer noch besser mit ihm irgendwo abzuhängen, als allein zu versumpfen. Nicht einmal Vanessa würde jetzt auf dem Zimmer sein.

Also ließ sie sich von Daniel aus dem Hörsaal und quer über den Campus auf eine kleine, leicht bewaldete Anhöhe führen, von der man das komplette Universitäts-Gelände überschauen konnte. Sie setzten sich auf eine Bank. Schweigend beobachteten sie das Treiben auf dem Campus. Miranda spürte, wie sie sich entspannte.

„Ich liebe diesen Platz", sagte Daniel.

„Es ist dein Lieblingsplatz."

„Das ist er." Daniel wies auf das vor ihnen liegende Gelände: „Ist die Aussicht nicht wunderbar? Da die Gebäude, und überall wuseln dazwischen Studenten und Dozenten oder sonst wer. Das ist Leben. Ich komme oft hierher, um es mir anzuschauen. Einfach so. Ich schaue und schaue und denke an nichts bestimmtes. Ich beobachte, was geschieht. Dabei rückt alles, was mich bedrückt, in den Hintergrund. Mein Geist öffnet sich. Und unversehens fällt mir die Lösung für ein Problem ein."

„Funktioniert das immer?" fragte Miranda, nachdem sie seine Worte ergründet hatte.

„Fast immer."

„Folglich gibt es nicht für alles Lösungen."

„Doch, die gibt es. Die Frage ist nur, ob du bereit bist, den Preis zu zahlen."

„Meinst du?"

„Nehmen wir mich als Beispiel: Mein alter Herr wollte, daß ich wie er zur Army gehe. Ich wollte aber nicht. Ich wollte studieren. Es gab einen riesigen Krach, und er warf mich raus. So stand ich da, ohne einen einzigen Cent in der Tasche. Was ich besaß, war ein exzellenter Highschool-Abschluß. Ich bewarb mich auf ein Stipendium. Ich bin hier und studiere."

„Das hört sich verdammt nach Upton Sinclair an."

Daniel lachte: „Ich geb's zu: Ich war sein Vorbild."

Miranda beobachtete die Menschen nah und fern, dachte nach.

„Du lügst mich nicht an?"

„Leider nein. Ich hab's mir wirklich mit meinem alten Herrn verdorben."

„Du hast keinen Kontakt mehr nach Zuhause?"

„Ab und an ein wenig zu meinen Geschwistern."

Miranda blickte zu Boden, scharrte mit den Füßen im Kies: „Du mußt stark sein, wenn du einen solch hohen Preis zahlen kannst."

„Von Können ist gar nicht die Rede. Ich hatte keine andere Wahl."

Miranda grinste: „Ach! Es gibt Lösungen, aber keine Alternativen!"

„Mein alter Herr ist ein sturer Bock. Wie alle von uns."

„Du spricht derart offen von dir", bemerkte Miranda, nachdem sie den Campus erneut einige Minuten schweigend beobachtet hatten.

„Wieso auch nicht? Ich habe nichts zu verbergen", erwiderte er. „Hast du?"

Miranda erhob sich von der Bank, klopfte ihre Hose ab. „Laß uns gehen. Mir ist kalt."

Einen Tag später war sie auf dem Weg zu ihrer Mutter im Krankenhaus. Heute sollten die Ergebnisse der Untersuchungen vorliegen und das weitere Vorgehen beschlossen werden. Bis heute konnte man nicht mit 100%iger Sicherheit davon ausgehen, daß der Tumor bösartig gewesen war. Vielleicht war er es auch nicht. Und vielleicht war er noch nicht dazu gekommen, Metastasen zu bilden. Vielleicht. Welcher Arzt wußte schon Genaueres?

Als Miranda das Zimmer ihrer Mutter betrat, war ihr Vater schon da und eine Frau, die ihr unbekannt war. Ihre Mutter lag in einem Bademantel auf dem Bett und war auf den Beinen, kaum hatte sie ihre Tochter gesehen: „Mein Liebes!" Sie schloß ihr Kind in die Arme.

„Mom."

„Mira-Liebes", begrüßte sie ihr Vater. Sie sah ihn an und fragte: „Ist sie das?"

„Hallo, Miranda. Ich bin die Freundin Deines Vaters. Sag Amayon zu mir."

Miranda löste sich aus der Umarmung ihrer Mutter. Was war nur los? In was für einer Schmierenkomödie war sie nur gelandet? Zu welch miesem Schreiberling war Gott abgesunken? Hatte er denn gar keine Einfälle mehr?

„Du traust dich, die herzubringen?" schrie sie ihren Vater an. „Mom ist krank, und du schleppst deine Geliebte ran? Hast du sie noch alle?"

„Liebes!" Ihre Mutter versuchte, sie zu beruhigen. „Du siehst das falsch."

Beinahe hätte Miranda ihrer Mutter eine gescheuert. Doch sie wich nur zurück.

„Es ist anders, als du denkst", sagte ihr Vater.

„Ist es das nicht immer?" brüllte sie ihn an und lief hinaus.

Ihr Vater nickte seiner Frau und Amayon zu und eilte hinterdrein. Er erwischte Miranda an den Aufzügen: „Mira-Liebes, reg dich ab."

„Ich mich abregen? Mom stirbt, während du sone Schlampe fickst. Ich soll mich abregen?"

Ihr Vater mußte mehrmals schlucken, bevor er ihr antworten konnte: „Es tut mir ganz furchtbar leid. Wir hätten früher mit dir reden müssen. Wer konnte denn ahnen.... Das Timing..." – Miranda würgte ihn ab: „Ach, das Timing! Du Bastard!" Sie schallerte ihm eine und sprang in den Aufzug, der sich justament öffnete. Ihr Vater war zu baff, um zu reagieren, und sie konnte ihn nicht mehr hören, als er rief: „Es ist Krebs, Miranda. Krebs. Die Lymphe befallen. Sie müssen noch einmal ran."

Die nächste Woche war für Miranda die Hölle. Da war Michael, da war ihr Vater und da war die zweite OP ihrer Mutter. Ganz abgesehen davon, mußte sie ihr Studium absolvieren. Zu ihrem Glück hatte sie ihr Studium, wie sie selber feststellte! Es war ein Ort, der sie wenigstens für kurze Zeit von den anderen Dingen abschirmte. Dermaßen intensiv hatte sie sich nie zuvor mit dem Stoff befaßt. Dermaßen lange wie in diesen Tagen hatte sie sich nie zuvor in der Bibliothek aufgehalten.

Einen Abend jedoch hatte sie nichts zu tun, weil sie alles erledigt hatte, was es zu erledigen gab. Es war der Abend vor der OP ihrer Mutter. Sie lag auf ihrem Bett und heulte hemmungslos. Vanessa, der sie nichts von der Erkrankung ihrer Mutter erzählt hatte, war ganz bekümmert. Sie nahm Miranda in ihre Arme, um sie zu trösten.

„Es lohnt nicht, seinetwegen zu leiden. Er ist es nicht wert", versuchte Vanessa ihr einzureden. „Er hat gar nicht deine Klasse."

„Alles sind sie Bastarde! Allesamt!!" preßte Miranda unter Tränen heraus. „Ich kann nichts dagegen tun."

Miranda war die ganze Zeit über, in der ihre Mutter operiert wurde, im Krankenhaus. Nicht, daß es viel genützt hätte, denn sie tigerte unablässig umher, verließ das Gebäude, um auf die Schnelle eine Zigarette zur Hälfte zu paffen, wenn die Sucht sie drängte, wie sie es auch im Wohnheim gemacht hätte. Hier war sie jedoch näher am Geschehen für den Fall, daß der Notfall eintrat. Und sie war hier nicht allein. Wenn sie auch kaum von den Kranken, den Besuchern und dem Klinikpersonal wahrgenommen wurde, denn sie waren allesamt zu beschäftigt, so nahm sie dennoch am Strom ihres Lebens teil. Ihr Vater ließ sich nicht blicken. Eine Sommergrippe hatte ihn niedergestreckt. Nachdem klar war, daß die OP komplikationslos verlaufen war, und nachdem ihre Mutter aus der Narkose erwacht war, verließ Miranda erleichtert das Krankenhaus. Es war früher Morgen, sie hatte kein bißchen geschlafen. Trotzdem fühlte sie sich kein Stück müde. Es zog sie auch nichts ins Wohnheim. Vielmehr führten sie ihre Fortbewegungsmittel – als da wären: Auto und Beine – auf den Hügel über dem Campusgelände. Hier setzte sie sich auf die Bank. Sie konnte sich nicht daran erinnern, jemals einen Morgen bewußt erlebt zu haben. Wann hatte sie schon jemals die Zeit dazu gehabt? Nicht einmal in den Ferien!

Jetzt jedoch war sie hier und schaute, ließ die Seele baumeln. Wie geschäftig die Menschen umhereilen, wie vertieft sie in ihre Angelegenheiten sind! Wer schaute die herrlich schöne Morgensonne?

„Und wer schenkt dir Aufmerksamkeit, Kitty?" fragte Miranda eine getigerte Straßenkatze, die den Hügel erklommen hatte und um ihre Beine strich. Sie streckte die Hand nach dem Tier aus, um es zu streicheln. Die Katze wich zunächst zurück, kam dann wieder ein Stück vor, um dann wieder zurückzuweichen. Sie konnte sich nicht entscheiden. „Ob es wohl Dan ist? Ja, es muß Dan sein", beantwortete sich Miranda ihre Frage selbst.

Miranda kam in der nächsten Zeit oft zum Hügel. Sie blieb nie lange. Immer nur für ein paar Minuten. Dieses Zeitminimum reichte ihr, um sich zu erholen und neue Kraft zu tanken und sich mit der Katze anzufreunden. Mehr war auch nicht drin, denn da war ihre Mutter und da war die Uni und da war ihr *soziales Leben*.

Sie hoffte, wenn sie sich auf dem Weg zum Hügel machte, Daniel anzutreffen. Das geschah jedoch nie. Sie wunderte sich darüber. War es nicht sein Lieblingsplatz? Er mußte viel zu tun haben! Waisenkinder aus brennenden Häusern retten oder ähnliches, wie sie ihn einschätzte.

Daß sie damit nicht allzu daneben lag, zeigte sich, als sie einen Samstagvormittag zu ihrer Mutter ins Krankenhaus kam. Sie hatte Besuch. Es war nicht Mirandas Vater und seine Amayon, sondern ein junger Mann, der auf einem Stuhl am Bett ihrer Mutter saß und sich angeregt mit ihr unterhielt.

„Mein Liebes!" rief ihr ihre Mutter zu, die sie vom Bett aus gesehen hatte.

„Dan!" rief Miranda aus. Es klang überrascht, war es jedoch nicht ganz. Sie betrat das Krankenzimmer. Schon war Daniel aufgesprungen, um sie zu begrüßen: „Wenn das nicht Ms. Matthews ist! Darum kam mir das Mädchen aus den Erzählungen deiner freundlichen Frau Mama" – er verbeugte sich kurz in Richtung der Mutter Mirandas, die es mit einem Lächeln quittierte – „so bekannt vor.

„Du arbeitest hier ehrenamtlich?" fragte Miranda Daniel später bei einer Cola im Café des Krankenhauses.

„Sieht danach aus."

„Was bist du nur für ein Mensch? Du besuchst kranke Menschen im Hospital, die du gar nicht kennst."

„Was macht das? Es hilft Ihnen. Einsamkeit bei Krankheit ist nicht gut. Viele haben Zweifel und Ängste, sie brauchen Zuspruch und Stärkung. Und wenn ich mit den Menschen spreche und sie mit mir, sind wir uns dann noch fremd?" Er schwieg kurz. „Manchmal ist es sogar besser, wenn sie jemanden vor sich haben, den sie nicht kennen. Es gibt Kranke, die müssen immer Stärke zeigen, besonders vor Menschen, die sie kennen. Vor ihnen tun sie so, als wäre die Krankheit ein Klacks, nicht schlimmer als ein Mückenstich. Bei mir müssen sie das nicht. Sie können über Sachen sprechen, über die sie mit ihren Verwandten, Bekannten oder Freunden nie sprechen würden."

Miranda wurde hellhörig: „Was hat sie dir erzählt?"

„Das darf ich dir nicht sagen. Das will ich dir nicht sagen."

„Bastard", warf sie ihm an den Kopf, ohne es ernst zu meinen. Das wußte er und brachte unbeeindruckt seine Ausführungen zu einem Ende: „Dadurch, daß sie jemanden zum Reden haben, jemanden, der ihnen zuhört und ihnen Mut macht, verbessern sich ihre

Heilungschancen. Und die Starken haben die Möglichkeit, sich mit der Krankheit auseinanderzusetzen, wie sie es sonst nicht tun würden. Das erhöht auch die Heilungschancen. Auf diese Weise helfe ich."

„Du klingst wie einer vom Sorgentelefon."

Daniel lächelte sein sympathisches Lächeln: „Kein Wunder. Das mache ich nämlich nebenbei. Berufskrankheit gewissermaßen." Er holte eine Visitenkarte aus seiner Hemdtasche und schob sie ihr über das Tischchen zu: „Da. Wenn du ein Problem hast oder einfach quatschen möchtest."

Miranda studierte die Karte und steckte sie weg. Dann sah sie ihn an: „Was bist du nur für ein Mensch? Gehst in Hospitäler, bist am Telefon für die Menschen da und hast einer sturzbesoffenen Braut dein Bett überlassen." Sie schüttelte den Kopf und ging ihren Gedanken nach. Er wollte etwas erwidern, wurde jedoch von ihr daran gehindert: „Das wollte ich dich sowieso fragen: Was ist da bei Leslies passiert? Ich kann mich an nichts erinnern. Es könnte mir ja egal sein. Es ist nur, daß mich seitdem einige Studenten mit Respekt behandeln, die mich vorher im besten Falle übersehen haben. Als wär ich ein anderer Mensch, wollen die plötzlich was von mir. Was habe ich nur verbrochen?"

„Die Band wollte sich gerade eine Pause gönnen, da bist du auf die mickrige Bühne gestürmt und hast versucht, ein Lied vom Limp Bizkit zu singen. Dem Sänger hast du das Mikro aus der Hand gerissen und richtig tief geröhrt. Du hast Dinge mit dem Mikro angestellt – dagegen sind Roger Daltrey und Shakira die unberührte Unschuld. Die Band ist voll drauf abgefahren. Ihr habt das Haus gerockt. Ich war dann für einige Zeit woanders. Dann mußte ich später irgendwann fürchterlich pissen. Und da bist du ins Männerklo gestürzt, hast gekotzt und bist abgestürzt.

„Ins – MÄNNERKLO?!" Miranda wurde rot.

„Männer haben damit im allgemeinen nicht allzu große Probleme. Problematisch wird's, wenn die Frau kotzt und dann ohnmächtig wird. Man kann sie nicht darin liegen lassen."

„Angenehm, Miranda Hendrix", warf sie ein.

„Du sagst es. Darum kamst du in dem Genuß, mein Bett vollzukotzen."

„Warum du? Gab es keine anderen bereitwilligen Männer?" fragte sie.

„Die gab es. Aber keine, die *diese* Verantwortung auf sich nehmen wollten. Das Risiko war ihnen zu hoch."

„Du ja."

„Der Fluch der Netten. Darum lieben uns die Schwiegermütter."

„Und ich dachte zuerst, du wolltest mir an die Wäsche. Nein", korrigierte sie sich, „ich dachte, du wärst unlängst an meiner Wäsche gewesen.

„Das war ich", sagte Daniel trocken. „Wie hätte ich sie sonst waschen können."

Miranda lachte: „Du weißt, wie ich das meine."

„Ich glaube, dafür wurde ich zu artig erzogen."

Beide lachten sie.

„Wie willst du es Michael sagen?" fragte Vanessa Miranda.

„Mein Gott, Michael!" schrie Miranda. Darauf konnte nur Vanessa kommen, führte jedoch dazu, daß sich Miranda auf einen Punkt zusteuern sah, den sie für reine Panik hielt. Sie war verzweifelt.

„Eben, Michael! Wem willst du es sonst erzählen?" fragte Vanessa sie. Sie meinte, jetzt tapfer sein und dem armen Etwas, das ihre Mitbewohnerin war, beistehen zu müssen. Sie war ja sooo allein!

Miranda sprang von ihrem Bett auf: „Du bist ein Schatz, Vanessa!" Mit zittrigen Fingern holte sie eine Karte raus und wählte die Nummer.

„Sorgentelefon. Daniel am Apparat. Was kann ich für dich tun?" meldete sich eine wohlvertraute Stimme.

„Ach, Dan!" entfuhr es Miranda erleichtert. „Können wir reden? Nicht am Telefon, meine ich. Geht das? Ich brauche dringend deine Hilfe!"

„Miranda?" vergewisserte sich Daniel, der ihre tränendurchsetzten Worte kaum verstand. Noch weniger sicher war er sich, daß sie es war.

„Ich bin's, Miranda. Ich bin verloren. Bitte, Dan! Ich muß dich sehen."

„Ist was mit deiner Mutter?"

Anstatt zu antworten, weinte sie in den Hörer. Daniel wandte sich kurz an einen seiner Kollegen und war schnell wieder am Hörer: „Wo, Miranda?"

Sie trafen sich auf dem Hügel. Miranda, die, nachdem sie aufgelegt, das Gefühl hatte, den Punkt der Panik erreicht zu haben, war auf dem Weg zum Hügel bewußt geworden, daß die Panik kein Punkt, sondern eine schmale Gerade war, die zu etwas noch viel Schlimmeren hinführt. Und dabei hätte der Anruf sie beruhigen sollen! Das war jedoch nicht der Fall, vielmehr wurde es schlimmer. Und das gerade weil sie nun gezwungen war, der Tatsache ins Gesicht zu schauen. Mit Vanessa, die sie nicht mitgenommen hatte und die deswegen schmollte, hätte sie wunderbar herrlich die Augen schließen können. Dan jedoch....

Daniel erwartete sie und führte sie sofort zur Bank, als er sah, wie es um ihr stand.

„Was ist? Was hast du?" fragte er sie.

Sie machte den Mund auf. Anstelle von Worten kamen jedoch neue Tränen, die alle Wörter hinfort schwemmten, die sie hatte. Behutsam nahm er sie in seine Arme. Er strich ihr durchs Haar, sagte leise: „Schon gut. Das kriegen wir hin. Alles halb so wild."

Entsetzt kreischend fuhr sie auf: „Das läßt sich nicht hinkriegen. Es ist alles ganz schlimm!"

„Was, Ms. Matthews?"

„Ich bin schwanger."

„WAS?" Er nötigte sie, sich wieder zu setzen und umschloß mit seinen Händen die ihren: „Bist du dir sicher? Hast du einen Test gemacht?"

„Test? Wieso Test?" Sie war verdattert.

„Woher kannst es du es sonst wissen?"

„Meine Regel ist seit Tagen überfällig." Sie wollte erneut in Tränen ausbrechen. Er nahm ihr Gesicht in seine Hände und zwang sie, ihm genau in die Augen zu schauen.

„Seit wie vielen Tagen?"

„Drei oder vier. Ich versteh das nicht. Bisher lief das wie ein Uhrwerk." Sie wich seinem Blick aus. Sie schämte sich. Er ließ sie nicht entkommen: „Miranda! Miranda!! Ganz ruhig. Noch gibt es keinen Grund, sich aufzuregen."

„Doch. Den gibt's!"

„Nein. Bis du keinen Test gemacht hast, bei dem herauskommt, daß du schwanger bist, bist du nicht schwanger."

„Natürlich bin ich schwanger."

„Miranda? Nicht!! Hör mir zu: Momentan stehst du unter einem gigantischen Streß. Die Sache mit deiner Mutter, die Prüfungen ab nächster Woche – da kann das passieren! Der Körper reagiert auf Streß, da kann es zur Verzögerung bei deinem Zyklus kommen. Du bist ein Mensch und keine Maschine."

Ihr Gesicht war ein einziges Fragezeichen: „Ich bin nicht schwanger? Wahrhaftig?"

„Mach einen Test. Wenn du ganz sicher gehen willst, mach zehn."

„Ich bin schwanger!" Die Schleusen wollten sich wieder öffnen.

„MIRANDA!" fuhr er sie an und kam nah heran. „Es gibt keinen Grund, sich verrückt zu machen. Morgen besorgst du dir einen Test und wirst feststellen, daß du nicht schwanger bist. Es ist Streß, glaub mir."

Der Tonfall der Überzeugung in seiner Stimme beruhigte sie. Erleichterungsschauer durchrieselten ihren Körper. Dennoch klang sie noch nicht überzeugt: „Ich bin nicht schwanger."

„Liegt denn ein Grund dafür vor?" fragte er. Er war ihr jetzt ganz nah – und schwuups! abgetaucht: „Wen haben wir denn da?"

Und genau in diesem Moment kam Miranda der Gedanke, ob das nicht der Moment war, in dem in der Regel der Junge das Mädchen küßt. Hatten sich ihre Lippen nicht fast berührt? Hatte nicht eine gewisse Spannung in der Luft gelegen, die typisch für solche Momente war? Hatte sie nicht darauf gewartet? Sie sah auf Daniel hinab, der sich zu der Katze hinuntergebeugt hatte, welche an seiner Jeans ihre Krallen schärfen wollte. – Ihre Überlegungen verflüchtigten sich rascher, als sie entstanden waren.

„Das ist Engine. Sag bloß, du kennst sie nicht?" sagte sie.

„Selbstverständlich", antwortete er und hob die Katze auf, um sie in seiner Armbeuge zu knuddeln: „Wir wurden uns aber bislang nicht förmlich vorgestellt. Sie heißt Engine?"

„Wie taub bist du? Sie schnurrt wie ein Motor!"

Er lachte. Ohne Worte zu verlieren, spielten die beiden einige Zeit mit der Katze, bis sie von der Rumalberei das süße Schnäuzchen voll hatte und sich in die Dunkelheit trollte. Daniel schaute ihr kurz nach und half dann Miranda auf: „Wir müssen früh raus. Ich bring dich zum Wohnheim."

Mit dem Verschwinden von Engine, fand sich Miranda plötzlich auf der Geraden wieder. Nach seiner Ankündigung sah sie sich auf das Schrecklichste zurasen: „Bitte. Bitte! Laß mich bei dir schlafen. Ich halte es nicht aus. Wenn ich nun schwanger bin??"

Er schaute lange in ihre Richtung, jedoch rechts an ihr vorbei. Er bemühte sich, einen Baum zu fixieren, der sich dort befand, im Dunkeln jedoch unsichtbar war – und blieb. Er nickte: „Von mir aus. Aber nur, wenn du endlich mit diesem Unsinn aufhörst."

Wie sich am nächsten Tag herausstellte, war es Unsinn. Es war aber leider kein Unsinn, was Miranda Anfang kommender Woche von Amayon erfuhr. Amayon rief Miranda auf ihrem Handy an. Miranda konnte zwar mit der Nummer, die sie auf dem Display las, nichts anfangen. Aus einer Laune heraus und weil es sich nicht um eMail-Verkehr handelte, ging sie ran. Sie erstarrte jedoch, als sie die Stimme vernahm, und wollte Amayon augenblicklich wegdrücken. Weil Amayon das vorausgesehen hatte, war sie sofort zur Sache gekommen. Mochte Miranda zunächst geglaubt haben, sie sei beim Hören von Amayons Stimme zu Stein erstarrt, so wurde ihr erst mit der Nachricht, die sie zu hören bekam, klar, was *erstarren* wahrhaftig bedeutet.

„Dein Vater hat Krebs."

Miranda vermochte nicht zu antworten. Sie konnte nicht mal mehr atmen.

„Miranda?" erkundigte sich Amayon nach einer Weile. „Bist du noch dran? Dein Vater hat Krebs."

Amayon vernahm ein Geräusch durch den Hörer, wobei sie nicht sicher, ob es ein Schluchzer oder ein *Bastard* von der Tochter ihres Liebsten war.

„Wieso?" fragte Miranda, nachdem sie wieder über ausreichend Luft verfügte.

Die Entdeckung des Karzinoms hatte Mirandas Vater seiner Sommergrippe und der Sorge Amayons um ihn zu verdanken. Sie wollte nach Abklingen der Grippe 100%ig sichergehen und drängte ihn, ein CT der Lunge machen zu lassen, weil die von der Grippe besonders in Mitleidenschaft gezogen worden war. Auf diese Weise kam ans Licht, das da was in der Lunge war, das da nicht hingehörte. Ob es jedoch ein Krebs war, konnte das CT nicht sagen. Doch war die Wahrscheinlichkeit hoch, denn Mirandas Vater war Raucher. So landete er wie seine Frau im Krankenhaus. Sie hätten sich durchaus ein Zimmer teilen können, wenn Mirandas Mutter nicht längst entlassen worden wäre. Und weil er außerdem einen ganz anderen Krebs als seine Noch-Ehefrau hatte, landete er bei einem ganz anderen Spezialisten in einem ganz anderen Krankenhaus.

Was Miranda sehr recht war, wenn sie auch der Rest gehörig anstank. Das war wieder typisch für ihn, wie es ebenso typisch für ihn war, seine Tusse vorzuschicken. Trotzdem war sie über ihre erste, spontane Reaktion überrascht. Sie hätte nicht gedacht, daß es sie derart mitnehmen würde. Angst um das Leben ihres Vaters oder gar Panik überfiel sie jedoch nicht. Bisher war er immer davongekommen. Landete er wie eine Katze nicht immer auf allen Vieren? Warum sollte es diesmal anders sein? Deshalb verbrachte sie die Zeit, die ihr die Prüfungen ließen, damit, ihrer Mutter zu helfen, die nach der Entlassung mit der Nachbehandlung und einem halbleeren Haus zurecht kommen mußte. Miranda half ihr und bekam dabei von Daniel Unterstützung.

Erst nach der OP, bei der der Tumor und die Hälfte der rechten Lunge entfernt wurden, besuchte Miranda ihren Vater. Um nicht auf Amayon zu treffen, kündigte sie ihren Besuch vorher an.

Ihr Vater freute sich, sie zu sehen. Er machte einen recht quietschfidelen Eindruck, auch wenn er kaum Luft bekam und äußerst kurzatmig war. Wie er Miranda erklärte, war dies jedoch nicht ungewöhnlich und er würde bald ein Training aufnehmen, um mit den 50% seiner Lunge normal atmen zu können.

Sie plauderten über seine Operation und den Aufenthalt im Krankenhaus. Er nahm alles recht locker. Daß er einfach nur Glück gehabt hatte, durch Zufall auf den Tumor gestoßen zu sein, war ihm kein Gedanke wert.

„Es ist der klassische Raucherkrebs. Deshalb laß dir eins geraten sein, meine liebe Tochter: Finger weg von den Zigaretten." – Dieser Gedanke war ihr schon gekommen. Sie hatte nur keinen Weg gefunden, ihn Wirklichkeit werden zu lassen.

„Wann hattest du deine letzte?"

„Am Abend vor der Operation."

„Ach!" entgegnete sie. „Wie lange wirst du noch liegen müssen?"

„Die Frage lautet: Wie lange will ich noch liegen? Es ist ein sehr kleiner Tumor. Und wie es aussieht, hat er keine Metastasen gebildet. Der ist also von einem völlig anderen Kaliber als der deiner Mutter. Bestätigt der Befund meine Annahmen, habe ich kein größeres Krebsrisiko als du jetzt."

„Ach!" war das einzige, was sie herausbekam.

„Ich will hier so schnell wie möglich raus. Das geht auch nicht anders, denn Amayon und ich haben eine Urlaubsreise gebucht. In drei Wochen geht's los. Es war ein Schnäppchen. Wir haben es dermaßen billig gekriegt, daß wir uns vertraglich verpflichten mußten, den anderen Reisenden während der Tour nix vom Preis zu verraten. Bis dahin muß ich fit sein, was aber kein Problem sein dürfte. Der Krebs ist ja raus. Wir haben bei der Buchung vergessen, eine Reiserücktrittsversicherung abzuschließen."

„Habt ihr das?" Miranda rutschte auf ihrem Platz unruhig hin und her.

„Eine Chemo-Therapie oder Bestrahlungen werden nicht nötig sein. Ist ja alles raus! Medikamente werden reichen."

Miranda sprang auf und setzte sich sofort wieder. Der Anstand gebot, noch ein wenig zu bleiben, obwohl sie nicht länger bleiben wollte. Um das Thema zu wechseln, erzählte sie ihm von Michael.

„Es stimmt also, was deine Mutter mir sagte."

„Du hast mit ihr gesprochen?"

„Wir telefonieren mehrmals die Woche."

„Ich versteh das nicht."

„Du würdest es verstehen, wenn du nicht immer alles schwarz-weiß sehen würdest. Du könntest es verstehen, wenn du deiner Mutter oder mir mal endlich zuhören würdest."

„Nein." Die Zeit, die der Anstand ihr auferlegt hatte, war vorbei. Sie griff nach ihrer Jacke: „Ich muß los."

„Ja, geh nur. Lauf weg", erwiderte ihr Vater sauer. „Eins möchte ich jedoch wissen, bevor du mich verlässt:" – und er lächelte – „Ist es wahr, was deine Mutter sagte? Du hast einen neuen?"

Sie hielt schon die Tür in der Hand: „Sie hat dir von Dan erzählt?"

„Dan? So heißt er? Ist er es?" fragte er zurück.

„Das geht dich nichts an." Sie knallte die Tür hinter sich zu.

Miranda hätte aus voller Seele schreien mögen. Doch was konnte sie tun? Sie saß in ihrem Wagen und kochte vor Wut. Sie holte ihr Handy raus, während sie an ihrer Zigarette zog. Daniel jedoch war nicht zu erreichen. Sie probierte es beim Sorgentelefon, im

Krankenhaus, bei ihm zuhause, auf seinem Handy. Sogar ihre Mutter rief sie an. Kein Daniel. Sie fuhr zu ihm nach Hause und klingelte Sturm. Nichts rührte sich. Warum nur war er nie da, wenn man ihn mal brauchte? Tränen rollten ihre Wangen hinunter. Warum zwang man sie immer auf diese verteuflisch schmale Gerade? Mit einem gigantischen Zorn kam sie ihm Wohnheim an.

Vanessa lag auf ihrem Bett. Die liebe, die gute, die alte Vanessa. Was hatte sie ihr die letzte Zeit nicht alles angetan? Nichts hatte sie ihr von den Eltern erzählt. Und statt mit ihr, war sie mit Daniel auf den Hügel gestiegen. Und das in eindeutigen Frauenangelegenheiten! Sie hatte Vanessa aus ihrem Vertrauen ausgeschlossen!! Wie hatte sie Vanessa das nur antun können? Stürmisch umarmte Miranda ihre Mitbewohnerin, die nicht wußte, wie ihr geschah.

„Meine liebe Vanessa", sagte Miranda, „Laß uns was machen. So lange haben wir nichts mehr zusammen unternommen."

„Wie wahr", sagte Vanessa und dachte an Daniel.

„Und jetzt, wo die Prüfungen vorbei sind und wir bald aus unseren Zimmern müssen, werden wir uns vielleicht nie mehr sehen. Ist das nicht traurig? Deshalb müssen wir unbedingt heute einen draufmachen und aufn Putz hauen."

„Du willst mit mir auf die Piste?" fragte Vanessa erfreut. „Nur wir beide? Was ist mit Dan?"

„Nur wir beide. Wie in alten Zeiten!"

„Verzickt!" jubilierte Vanessa und machte sich daran, sich aufzudonnern. Miranda sah ihr zu und dachte nur daran, wie lange es braucht, bis sich auch in Salem herumgesprochen hat, daß *Verzickt!* mega-out ist.

Eine Sause zu finden, erwies sich als nicht allzu schwer. Viel schwerer war es jedoch, zusammenzubleiben, was in dem Moment ein Ding der Unmöglichkeit geworden war, als Miranda sich mit einem Becher Bier zu Vanessa umdrehte und sie mit einem jungen Halbaffen auf einer Treppe verschwinden sah.

Also stürzte sich Miranda allein in den Trubel, wobei sie zunächst bestrebt war, in die richtige Stimmung zu kommen. Der Alkohol wirkte jedoch kaum – außer auf ihre Blase.

Sie stand vor dem Spiegel im Klo und war bemüht, ihr Gesicht wieder einigermaßen herzurichten. Vor der Schüssel war es über sie gekommen. Zum Glück hatte sie ihr Täschchen mitgenommen.

Ein schlankes Mädchen mit schwarzen Haaren, das nur an den interessantesten Stellen mit ein paar Fetzen Stoff bekleidet war, trat neben sie.

„Allein?" fragte das Mädchen.

„Seh ich danach aus?" fragte Miranda.

Das Mädchen nickte und ergriff ihre Hand: „Ich bin Jazz."

„Miranda."

„Komm, Miranda. Ich will dir was zeigen." Jazz zog Miranda in die Kabine des Frauenklos, aus der sie gerade aufgetaucht war. Jazz öffnete die Abdeckung der Klospülung und holte einige Utensilien hervor. Mit wenigen Handgriffen hatte sie es geschafft. Miranda war wie gebannt und spürte nur einen kleinen Pieks. Schon dehnte sie sich aus.

Unmerklich fast nahm ihr Körper die Gestalt einer Amöbe an. Sie floß vom Klodeckel und streckte sich immer weiter aus. Langsam füllte sie mit ihrem Plasma die Räume und tastete die Menschen ab, die sich in ihnen aufhielten, lachten, tanzten, soffen, fickten und ihren Spaß hatten. Als eine Wolke rotglühenden Magmas zog sie über ihnen hinweg und saugte auf, was sie nur aufsaugen konnte, magisch angezogen von einer leeren Bühne, die nach ihr rief. Bedächtig konzentrierte sie ihre über die Säle verteilte zähflüssige, gummiähnliche Masse auf der Bühne zusammen, kristallisierte sich zu einem Wesen mit Gliedmaßen und Stimmbändern, verdichtete ihr Erbrochenes.

Die Bühne indes war nicht völlig leer. Musikinstrumente standen verlassen auf ihr herum und bettelten um ihre Liebe. Sie langte nach der Gitarre – oder war es ein Schwanz? Es war so leicht, sie beherrschte jeden Griff und mit jedem Griff ejakulierte die Gitarre. Kreissägenförmig schnitt sie mit ihren Riffen durch das Menschenmeer, hetzte sie mit vierzigfingrigen Läufen und kotzte ihnen ihren Sirenengesang entgegen. Wenn sie nur wüßte, was sie erbrach. Doch war das wichtig? Es verstand sie eh keiner und wollte auch nicht verstehen. Das Meer wogte im Sturm.

Da brach Artillerie-Feuer von hinten über sie herein und zerfetzte sie zu Milliarden abgehender Ektoplastnierengranaten über das ganze Mikro. Jazz hatte sich hinters Drumkit geschwungen und trümmte es in Grund und Boden, daß Keith Moon vor Neid erblaßt wäre. Miranda lutschte den Schwanz, der ihr entgegengestreckt hingehalten wurde wie ein Haltegriff, der immer tiefer und tiefer in sie glitt, eine Schlange, die sich mit aller Macht in ihrer Gebärmutter verbiß und ihr Gift spritzte. Sie biß und biß. Sie biß zu bis Blut zwischen ihren Zähnen hervorquoll und aus ihrer Möse spritzte. Aufjaulend vor Entzücken rammte sich Miranda den Mikrofonständer in den Unterleib, um in tausend Tonscherben zu zerspringen und sich als goldener Regen über ihr Volk zu ergießen.

Das ist Mr. Jessica Skodda. Wenn er morgens erwacht und sich ins Bad begibt, um sich für den Tag zu rüsten, bereitet seine Frau Mrs. Miranda Skodda für ihn und ihren Sohn little Timmy schon das gemeinsame

Frühstück zu. Wenn die Skoddas in ihrem herrlichen Wintergarten, der sich blitzartig in eine wunderbare Terrasse verwandeln läßt, das gemeinsame Frühstück beendet haben, schlüpft Mr. Skodda in seinen Mantel, stülpt sich seinen Hut auf und nimmt seiner Frau die Aktentasche aus der Hand, die sie ihm hinhält, nachdem sie little Timmy für die Schule fertig gemacht hat. Zusammen verlassen Vater und Sohn das Haus und begeben sich in die Garage, wo der große Wagen der Familie sie schon sehnsüchtig erwartet, um sie dienstbeflissen aus dem wundervoll gelegen Vortort sicher in die große Stadt zu kutschieren. Little Timmy geht dort zur Schule, denn er ist schon groß und über eine Highschool wird der schöne Vorort erst dann verfügen, wenn er auf dem Collage ist. Was er da nur verpassen wird, der arme little Timmy! Mr. Skodda arbeitet in der großen Stadt in einem der gigantischen Wolkenkratzer in einem geschmackvoll eingerichteten Büro. Mr. Skodda arbeitet gerne dort, auch wenn er des öfteren seufzen muß, denn nichts ist so schön wie das eigene Heim, die eigenen vier Wände, wo seine Frau des Abends sehnsüchtig die Ankunft ihrer beiden Männer erwartet.

Das bedeutet nicht, daß Mrs. Skodda nichtstuend rumsitzt und gezwungen ist, die Zeit totzuschlagen, nein! Mrs. Skodda ist eine vielbeschäftigte Frau! Nachdem sie dafür Sorge getragen hat, daß ihre Männer gut in den Tag finden, umsorgt sie den Haushalt. Es gibt immer etwas zu tun: im Garten neue Beete anlegen, die Wohnungseinrichtung geschmackvoll den Erfordernissen des sich ändernden Lebens anpassen, dem Schmutz zeigen, wer Herr im Haus ist, das leckere Essen für ihre Männer vorbereiten, damit diese, wenn sie ihr Tagwerk getan haben, sofort Stärkung erlangen. Sie glauben jetzt sicherlich, daß das nach viel Arbeit und Streß für Mrs.

Skodda klingt? Mitnichten! Dank der neuesten von uns entwickelten technischen Errungenschaften für den Haushalt, schafft sie die Arbeit spielend und mit einem Aufwand, von der ihre Mutter nur träumen konnte. So hat sie Zeit für soziales Engagement. Mrs. Skodda trifft sich täglich mit den anderen Frauen ihrer herrlichen Siedlung, um wichtige Dinge zu besprechen. Sie glauben jetzt sicher, ich rede von Kuchenrezepten? Nun, die dürfen nicht fehlen. Sind Kuchen doch ein wichtiger Bestandteil der sonntäglichen Kirchenkreise und der Straßenfeste, welches beide von den Frauen organisiert wird. Daneben gründen diese all-american-Hausfrauen Komitees gegen den Zuzug unerwünschter Minderheiten und andere patriotischer Vereinigungen. Es gibt schließlich so viel Elend in der Welt, das den eigenen Frieden bedroht und daher verhindert werden muß, bevor es wie ein Parasit über das Idyll herfällt und es verheert. Soll etwa little Timmy mit Drogen oder Nutten aus Osteuropa – wo immer das liegen mag – aufwachsen und seine kulturellen Wurzeln vergessen, seine Werte verleugnen, die sich in so großartigen Dingen wie Lincoln, Lincoln, Lincoln & Lincoln[*] manifestieren? Wie unamerikanisch wäre es nur, würde sich little Timmy eine unbekannte und von finsteren Mächten eingeschleppte Geschlechtskrankheit holen! Zu unser aller Sicherheit und Wohlbefinden wachen amerikanische Hausfrauen wie Mrs. Skodda und ihre Freundinnen über unser Zusammenleben und reagieren schnell mit dem Insektizid, sollte sich auch nur eine einzige Schabe aus ihrem Versteck wagen!

Am Abend kehrt Mr. Skodda mit seinem Sohn Timmy wohlbehalten aus der großen Stadt, die Arbeit gibt und Bildung, heim ins eigene, sichere Heim, wo sie beide

---

[*] Der Präsident, die Dollarnote, das Auto und der Flugzeugträger. (Anm. d. Übers.)

von Mrs. Skodda aufs Herzlichste empfangen werden, denn ihre tapferen Männer wiederzusehen nach einem langen und entbehrungsreichen Tag ist doch die schönst Freude! Ja, und little Timmy hat ihr ein Geschenk mitgebracht: eine besonders gute Note in einem Fach, in dem er leider immer schwach war, was zu großen Sorgen um big Timmys Zukunft bei Mrs. Skodda geführt hat. Nun aber: oh Freude, welch Freude! Und zur Feier des Tages bringt Mr. Skodda seiner Frau einen wunderbar anzusehenden Blumenstrauß mit. Ja, heute schmeckt das Essen besonders gut, und Mrs. Skodda wird über die Gebühr von ihren Männern gelobt.

Derweil sich Mr. Skodda bei einer Zigarre und einem Brandy ausruht und Fernsehen sieht, hilft Mrs. Skodda little Timmy, der immer so große Probleme hat, sich zu konzentrieren, bei den ach so schweren Hausaufgaben, bevor sie ihn bettfertig macht. Im großen Bett seines eigenen, gigantischen Zimmers schlümmelt little Timmy ganz erschöpft von den vielen Abenteuern, die er heute erleben durfte, unter den wachsamen Augen seiner ihm nur Gutes wollenden Mutter ein. Er muß ausgeruht und gestärkt in die Herausforderungen gehen, die ihm der morgige Tag stellt!

Sobald Timmy ins Reiche der Träume hinübergewechselt ist, begibt sich Mrs. Skodda zu Mr. Skodda. Der Tag ist fast an seinem Ende angelangt, doch noch harren seiner einige eheliche Pflichten, die erledigt sein wollen. Anschließend erhebt sich Mr. Skodda und sagt, wie jeden Abend: „Miranda? Ich verlasse dich. Sofort!"

Behände, ohne hastig zu wirken, wirft sich Mr. Skodda in seine Kleider. Miranda ist wie üblich nach dieser Ankündigung gelähmt. Sie zittert, sie weiß nicht wie. Speichel rinnt an ihrer vor Schock offenstehenden Kinnlade hinunter und tropft wie gewöhnlich auf die feuchte Stelle des Bettlakens. Schon steht Jazz an der Tür: „Leb wohl!"

„Nein!" entfährt es Miranda und durchbricht ihre Schüttellähmung. Stolpernd humpelt sie aus dem Bett und kriecht wie ein getretener Hund auf Jazz zu, um Gnade winselnd. Kraftlos klammert sie sich wie sonst auch an eines der Beine von Jazz: „Tu es nicht. Verlaß mich nicht. Denk an Timmy."

Interessiert blickt Jazz auf das jaulende Etwas zu ihren Füßen, saugt sich an den Tränen fest, die aus Mirandas Augen kullern. Lust funkelt in ihren Augen, ein Hauch von Befriedigung berührt ihren Körper. „Wer ist Timmy?" fragt sie bewußt kühl, derweil Miranda einen Heulkrampf überkommt, der ihre Seele in einen Würgegriff nimmt und ihr alle Luft zum Atmen raubt. Ihr ist unmöglich, zu sprechen. Sie ist in der Falle. Sie kommt nicht mehr raus. Wie kann sie Jazz nur halten? Flehentlich wirft sie sich ihr zu Füßen und küßt ihre Schuhe. Wenn sie doch nur bleibt. Vor Angst macht sie sich ins Hemd, derweil Jazz gleichzeitig über ihr kommt und sie abspritzt. Sie kann nicht mehr, sie versinkt in ihrer Pisse. Schluchzend, hilflos.

„Alles wird gut", hört Miranda eine besorgte Stimme wie aus Wolken sagen. Ist es Dan? Nein! Es ist Jazz, die sich über sie gebeugt hat und ihren Kopf hält. Sorgenfalten sind tief in ihr Gesicht gegraben. Liebevoll hebt sie Miranda in die Höh und trägt sie sanft zu Bette. Schon macht sich Jazz an einer ihrer Venen am Bein zu schaffen. Der Einstich schmerzt Miranda und sie fragt ihre Partnerin: „Was tust du?"

„Ich liebe dich", antwortet Jazz glücklich.

Ich schwebe. Ein gemütliches Flugzeug über Wälder und Felder. Weit unten kleine Punkte. Vielleicht Menschen, vielleicht Tiere, vielleicht beides. Alles in satten Grün, nur hier und da durchsetzt von Wüsten und brennenden schwarzen Löchern. Waren wir schon einmal hier? Ich öffne den Bombenschacht, denn in meinen Bauch paßt viel rein. Feuersbrünste dermaßen langweilig. Ich komme tiefer und tiefer. Was rennt ihr nur vor mir davon? In meinen Bauch paßt viel rein. Ihr habt es dort warm. Ich will euch doch nur fressen. Wie schnell bin ich, wie groß mein Maul und mein Bauch ist noch viel größer. Wälder, Felder, Menschen, Tiere und alles dazwischen verschlinge ich. Träge steige ich wieder auf und bin der Stacheldraht, der sich um deinen Hals schlingt. Spürst du, wie ich dir die Kehle aufreiße, um dir die Worte zu rauben? Wie ich dir den Wanst aufreiße, um meine Kinder zu stehlen? Wie du im Stacheldrahtzaun hängen bleibst und von Stromstößen geröstet wirst und verreckst, derweil sich deine Eingeweide um deine Klamotten kloppen? Du jammerst, ohne zu wissen, was es bedeutet. Ich bin weise, denn ich bin eine Spaghetti, die gerade zerkaut wird. Ich kenne das Innere des Innen, ich sehe es, denn ich werde verschluckt und begeb mich auf die Reise. Ich wollte gar nicht kommen, doch du hast mich einfach in dein Maul gestopft. Unwiderstehlich schmachtend. Ich durchwandere dich bis in den Magen hinein, wo ich schon erwartet werde. Welch Ehre! Hättest Du gedacht, daß ich als klumpatschiger, ekelriechender Essensbrei dermaßen willkommen bin, nachdem du mich verzehrt hast? Warum nur schiebst du mich dann ab durch deinen Darm, du Bastard. Alle haben sich gefreut, mich zu sehen! So dankst du es mir, indem du mich ausscheißt? Und was soll das? – „Gutän Täch auch. Ich bin die Spritze." – Warum ziehst du mich, die ich nichts mehr als Scheiße bin, auf deine Spritze? Ist das duster in deinen Adern. Nur warum fall ich, wo ich doch in deinen rosagelben Himmel steige? Bespring mich, Tier, daß ich dir ein Monster gebäre, das wir zu Gott schönchirurgen können. Tanz mit mir im Kreise deiner Lieben, stolzer Nippel, der du nicht bist im Himmel, sondern auf einer Gabel in meinem Arsch. Liebst du meine Hämorriden? Verpaßt du meinem Bandwurm einen Einlauf? Noch immer liege ich auf der feuchten Stelle, die sich wie Beton in meine Muschi frißt. Oder ist es das Blutekel, das ich selber bin? Warum nur habe ich keine Augen mehr, wo ich tausend Titten habe und jeder saugt ein Kakerlakenhämatom? Halt nein, sie sind, wo meine Zehennägel waren und werfen sich gerade in den Abgrund ihrer Sehnsuchtschluchten. Warum ritzt du mich mit dem Messer nur? Wie kindisch der Wachs. Sind wir in einer Kirche? Ist Weihnachten? Wenn ja, laß mich brennen wie ein Tannenbaum. Sei mutig, sei flexibel, zeig mehr Selbstverantwortung und ramm ihn endlich in mich um der neuen Zeiten willen: ramm ihn rein. Tiefer und tiefer und köstlicher, um so reiner er rammt.

"*Enter Sandman*", schrie Jazz überrascht auf und flog schon in eine Ecke des Zimmers, weg von der fett auf dem Bett ausgestreckten Miranda. Jazz war dermaßen in Miranda vertieft gewesen, daß sie Daniel gar nicht hatte reinplatzen hören. Er schaute auf die sich ihm bietende Szene und bebte vor Wut und Abscheu.
Miranda sah im ungeniert ins Gesicht: Soll er mich nur sehen, soll er nur alles sehen. Ich habe nichts zu verbergen, dachte sie. Bin ich nicht prächtig anzusehen?
Daniel schaute sie an. Völlig nackt lag sie da, die Beine weit gespreizt, ihren Unterleib mächtig emporgereckt, aus dem ein Dildo mit Widerhaken ragte – noch in Betrieb. Blut lief an ihren Beinen herab, die voller Wunden waren. Bißmale überall. Ihr Blick glasig. Sie grinste ihn an, lachte dreckig, voller Befriedigung über das Entsetzen in seinem Blick.

Daniel nahm seine Brille ab, legte die Bügel zusammen und steckte sie weg: "This won't be the story of the hare who lost his spectacles."

"*If you don't like Rock 'N' Roll…*", schleuderte Miranda ihm entgegen.

"You scream you suffer you die", sagte er, seine Stimme unter Kontrolle haltend.

"*Sex is not the enemy*", sang sie höhnisch.

Er erwiderte nichts darauf. Sie wartete. Und als nichts kam, fragte sie: „Da biste sprachlos, was? Was willste dem entgegensetzen? *Another lie*? *Killing yourself to live*, my friend!"

"*Staying Alive.*" Er rollte auf sie zu wie ein Panzer. Jazz, die sich mit der Nadel auf ihn stürzen wollte, fegte er wie ein Staubkörnchen achtlos zur Seite. Miranda wollte etwas unternehmen, der entgrenzten Gewalt, die sie auf sich zukommen sah, entfliehen. Der Dildo jedoch bereitete ihr zu große Schmerzen, sie verkrampfte. Der Blutverlust schwächte sie zusätzlich. So bereitete es Daniel keinerlei Probleme, sie gegen ihren Willen ins nächste Krankenhaus zu bringen. Von dort ging es für sie direkt weiter in den Entzug.

Das Schlimmste am Entzug waren für Miranda nicht die körperlichen Folgeerscheinungen. Das war etwas, was sie über ihren Verstand regeln konnte. Sie störten auch nicht die Visionen, die sie während der Trips gehabt hatte und an die sie sich jetzt erinnerte. Die Bilder waren nicht schrecklicher als das, was sie aus Film und Fernsehen kannte. Und war es wirklich entsetzlich von einem Pferd mit Alligatorkopf und Elefantenohren bestiegen zu werden, derweil dessen Schweif die Verfassung rezitierte? Es waren doch nur Bilder. Und wenn sie mit jemanden in die Kiste gestiegen war, vermochte sie sich dessen nicht zu entsinnen.

Das Schlimmste für sie, war nicht mehr zu wissen, wer sie war. In dem Moment, in dem sie das erste Mal richtig drogenfrei war, mußte sie feststellen, daß da nichts mehr war, an das sie sich halten konnten. Bis auf wenige Instinkte, die nicht totzukriegen waren (Essen, Trinken, Schlafen, Verlangen nach Liebe), war nichts mehr in ihr. Alles war futsch. Es dämmerte ihr ganz langsam, daß sie einen kompletten Systemabsturz hatte. Sie mußte neu beginnen.

Dabei war sie nicht allein. Sie hatte Unterstützung durch die Einrichtung, in der sie untergebracht war. Dazu kamen die Besuche: Daniel, ihre Mutter, ihr Vater, der braungebrannt und gut erholt aus dem Urlaub zurückgekommen war. Sogar Vanessa ließ sich ein paar Mal blicken. Sie war jetzt mit Michael zusammen, was Miranda gleichgültig hinnahm. Amayon besuchte sie zweimal und das ohne männliche Begleitung. Der erste Besuch zu Beginn der Entziehungskur währte wenige Augenblicke, dann hatte Miranda das Liebchen ihres Vaters hinausgeworfen.

Das zweite Mal jedoch erschien Amayon auf Mirandas eigenen Wunsch. Gemeinsam schlenderten sie durch die Anlagen der Anstalt.

„Bisher glaubte ich immer, man müsse sich nur anstrengen, dann wird alles gelingen. Ich glaubte, wenn es in einer Beziehung nicht klappt, muß man sich nur mehr ins Zeugs legen, Verantwortung auf sich nehmen und der Laden läuft wieder", sagte Miranda.

„Das ist nicht falsch", erwiderte Amayon.

„Das ist mir klar. Es ist jedoch auch nicht richtig, denn wozu sind wir zusammen? Ist davon nichts mehr da, nützt auch der größte Aufwand nichts. Es ist aus."

„Das ist wahr. Ich denke aber, daß man aufpassen muß. Manchmal sind es die Umstände, die einen glauben machen, daß da nichts mehr ist. In Wirklichkeit ist da aber noch sehr viel. Darum sollte man nicht voreilig aufgeben."

„Und das haben meine Eltern getan?""

„Ja. Doch wie hast du gesagt? Es war aus."

„Du warst nicht der Grund?!"

„Nein. Ich habe deinen Eltern nur endlich bewußt gemacht, wie sinnlos es ist, es immer weiter zu versuchen."

„Liebst du ihn?"

„Ja."

„Wollt ihr Kinder?"

Bei der Frage blieb Amayon stehen. Sie wußte nicht, wie sie antworten sollte. Miranda zog sie weiter: „Nur frei von der Leber weg."

„Ich bin im zweiten Monat."

Für einen Moment kam Miranda aus dem Tritt. Wäre Amayon nicht gewesen, hätte sie sich der Länge nach auf den Bauch gelegt.

„Glückwunsch", sagte Miranda. Nach ein paar weiteren Schritten fragte sie nicht ganz frei von Verbitterung: „Wie ist es?"

„Anders", sagte Amayon.

„Wie wird es sein?"

„Ich weiß es nicht."

Wortlos schlenderten sie weiter, bis Miranda anmerkte: „Ich werde es nie wissen. Was vielleicht ganz gut ist, denn wie soll ich lieben, wenn ich keinen blassen Schimmer davon habe, was Liebe ist?"

„Das mußt du nicht. Liebe ist ein Über-den-Schatten-gesprungen-werden. Liebe kommt..."

„... und verschwindet einfach wieder", beendete Miranda den Satz.

„Ist *das* Liebe?

„Ich weiß es nicht."

„Du weißt es, du willst es Dir nur nicht eingestehen. Noch nicht! Schau auf dein Leben: Was hat dich in diese Lage gebracht?"

Nachdem Amayon das gesagt hatte, bemerkte Miranda: „Du bist hart."

„Ich will, daß du glücklich wirst", erwiderte Amayon.

„Wie soll das denn gehen, bitte sehr?" fragte Miranda verbittert. „Ich habe nichts mehr. Nicht einmal Kinder kann ich mehr kriegen, weil das Spielzeug von Jazz das unmöglich gemacht hat. Und ich habe mir immer eine glückliche Familie gewünscht! Wer weiß jedoch? Vielleicht ist die Vorstellung von Vater, Mutter, Kind nur Ideologie? Ich weiß es nicht. Ich weiß nur, daß ich keine Kinder mehr kriegen kann. Ich weiß nur, daß ich nicht weiß, was Liebe ist. Bin ich nicht tot? Warum hat er mich nicht in der Scheiße liegen lassen? Warum hat er mich nicht krepieren lassen?"

Jazz kam Miranda nie besuchen.

Als ihre Zeit in der Einrichtung abgelaufen war, zog Miranda fürs erste zu ihrer Mutter. Offiziell galt sie zwar als geheilt, doch wußte sie selber am besten, daß sie davon noch ganz weit entfernt war. Sie hatte gerade erst das Allerschlimmste hinter sich gebracht. Doch was lag vor ihr? Was sollte sie tun? Sie war sich nicht schlüssig darüber. Sie brauchte Zeit, von der sie reichlich hatte, denn sie war von der Universität beurlaubt. Sie wollte und sie mußte diese Zeit nutzen: für das neue Leben draußen, für sich und für ihre *Zukunft*. Es war jedoch wie verhext: Je besser sie mit ihrer Vergangenheit umzugehen verstand, umso ungewisser wurde ihre Zukunft, denn die Zukunft wurde aus ihren Ketten befreit und öffnete sich wie eine Blüte ins Unbekannte.

Und dann stand an einem sommerlichen Spätnachmittag im Herbst Jazz vor der Tür. Miranda ließ es vor Schreck zu, daß Jazz in den Hausflur vordrang. Miranda konnte nichts dagegen tun. Sie konnte niemanden um Hilfe bitten. An dem Tag war sie allein zuhaus.

„Du bist hier nicht willkommen, Jazz", sagte sie zitternd.

„Bitte!" flehte Jazz und schlang ihre Arme um Miranda. Miranda wurde ganz steif.

„Woher weißt du, daß ich hier bin?" fragte sie, derweil sie versuchte, ihre Ruhe zu bewahren.

„Bitte, bitte, mein Liebling! Es tut mir so leid. Ich habe dich beobachtet. Die ganze Zeit über. Bitte!" Jazz' Lippen formten sich zu einem Kußmündchen und suchten Mirandas Lippen, die angewidert den Kopf verrenkte und sich aus Jazz' Umklammerung kämpfte.

„Bitte, nein!" Jazz weinte und fiel vor Miranda auf die Knie. Miranda hätte kotzen können: „Raus!"

„Bitte, nein. Ich brauche dich. Ich..." – Sie sank zu Boden und versank in ihren Tränen. Miranda zerrte sie augenblicklich auf die Beine.

„Geh! Sofort!"

Wieder sank Jazz zu Boden, wo sie sich das Hemd zerfetzte: „Ich... kann... nicht... nicht atmen. ... Das Herz.... es .... schmerzt", brachte sie unter Tränen hervor. Miranda wußte nicht, was sie tun sollte. Diese Kreatur mußte von hier fort; sie widersetzte sich jedoch mit Klauen und Zähnen. Eine große Pfütze Elend breitete sich vor ihr im Flur aus, erniedrigte sich, bettelte sie an. Um was denn? Miranda begriff es nicht.

„Wenn du nicht gehst", sagte sie in einem neuerlichen Weinkrampf von Jazz, „gehe ich – und komme mit den Cops zurück!" Sie stieg über Jazz hinweg, öffnete die Tür.

„Nein!" Jazz warf sich herum und klammerte sich an Mirandas linkem Bein. „Verlaß mich nicht. Ich will auch ein braves Mädchen sein. Keine Jazz mehr, sondern eine liebe, brave Jessica. Bitte!"

Miranda ließ sich kein Deut beeindrucken. Sie schritt die Treppen zur Straße hinunter mit diesem Klotz Menschenelend am Bein.

„Tu das nicht! Ich liebe dich!! Ich will ein Kind von dir!!!" wimmerte Jazz.

Stille. Miranda war stehengeblieben. Etwas in ihr verkrampfte sich schmerzhaft, sonst rührte sich nichts in ihr. Sie verharrte und – verlor die Beherrschung. Sie holte mit ihrem freien Bein aus und trat Jazz mit aller Kraft in den Unterleib. Der Griff von Jazz lockerte sich. Miranda trat ein zweites Mal zu. Diesmal volle Granate ins Gesicht. Jazz kreischte in ihrer Pein. Sie ließ los, Miranda befreite ihr Bein.

Jazz lag vor Schmerzen gekrümmt auf den Treppen, sie blutete stark aus dem Mund. Dennoch versuchte sie zu sprechen: „Tu... es nicht,.... mein.... Engel. Ich.... muß sonst.... ster... sterb-en. Ich... bin...kr... kr... krank."

Miranda packte das Grauen. Die entstellte Visage von Jazz erfüllte sie mit Entsetzen. Sie mußte fort von hier. Sie rannte los. Zu Daniel, den sie die letzten Tage nicht gesehen hatte. Jetzt mußte sie ihn sehen. Hatte er sie nicht schon einmal gerettet? War er nicht für sie da?

Ihre Beine führten sie zum Hügel. Vielleicht war er jetzt dort. Jedoch: Er war es nicht. Dafür traf sie Engine an. Die Katze lag unter der Bank. In einer unnatürlichen Haltung, wie Miranda fand. Nachdem sie wieder einigermaßen zu Atem gekommen war, beugte sie sich zu Engine hinab. Dabei fiel ihr Blick auf zwei Verse, die in dem Holz der Bank eingeritzt waren und ihr bis dato nicht aufgefallen waren:

Mit der Asche meiner Tränen
Blende ich die Augen meiner Feinde.

Engine war tot. Mit einem verzweifelten Aufschrei ließ Miranda die Katze fallen und wandte sich ab. Halb besinnungslos gelang es ihr, ein Taxi anzuhalten, das sie zu Daniels Wohnung brachte. Während der Fahrt schaute der Fahrer unablässig und besorgt in den Rückspiegel. Es kostete sie viel Überredungskraft, es zu verhindern, von ihm nicht gleich zur nächsten Polizeistation oder ins nächste Krankenhaus gefahren zu werden.

Die Tür zu Daniels Wohnung stand sperrangelweit offen. Überall standen Kartons herum und zwischen den Kartons Amayon im Gespräch mit einem Packer. Miranda erkannte sie erst auf den zweiten Blick und rief: „Was... was machst du hier?"

Amayon drehte sich zu ihr um. Ihr Gesicht drückte Trauer aus und ein plötzliches Erkennen: „Um Himmels Willen, Miranda! Darum hat er mich seinem *Mädchen* nicht vorstellen mögen. Du bist das!"

Miranda ließ sich auf einen gepackten und zugeklebten Karton fallen: „Bitte? Ich..." – Ihre Stimme versagte.

„Ich bin Daniels Schwester."

Es gibt Dinge, die sind Miranda ab einem bestimmten Punkt eindeutig zu hoch. Ihre Verwirrung bewahrte sie jedoch davor, vollends zusammenzuklappen. Stattdessen fragte sie: „Wo ist er? Wo ist Dan?"

„Du hast es nicht gewußt?" Amayon klang überrascht und erschrocken zugleich.

„Was? Was habe ich nicht gewußt?"

„Daniel litt unter Depressionen."

2005

Wir spielten auf der Straße, dabei waren wir schon zu alt dafür. Dennoch war es so, es läßt sich nicht leugnen. Es war eine der Seitenstraßen, wie man sie aus Dorfsiedlungen kennt: überall kleinere oder größere Einfamilienhäuser mit Garten und Garage.

Vielleicht spielten wir auch nicht, sondern verbrachten einfach gemeinsam die Zeit draußen. Es war früher Abend, der Himmel blau und wolkenlos. Es war ein Abend, der die Seele öffnet. Ein Abend, denn man später wahrscheinlich vergisst, weil zu viel Scheiße im Leben passiert ist. Aber die Stimmung vergißt du nie. Du wirst später ein Leben lang genau dahinter hersein.

Wir saßen auf den Treppen, die zur Haustür führten. Sie rauchte. Sie konnte es nicht sein lassen. Ich sah ihr dabei zu. Sie tat affektiert, sie mochte es, wie ich ihr dabei zuschaute. Es war noch nicht heraus, ob sie noch mehr an mir mochte. Es stand noch nicht fest, ob sie den Gedanken an uns mochte. Ich will nicht behaupten, daß ein solches Denken mir damals zu hoch war. Nur: Ich faßte alles anders auf. Ich lebte momentan. An das Danach war ich nicht interessiert. Es war zu weit weg – so wie Menschen auf Photos.

Ich wollte sie jetzt in den Armen halten und dann: was kommt, kommt halt.

Doch da stand schon Ela vor mir. Sie hielt zwei Tennisschläger in den Händen und einen Softball.

„Komm, spielen wir", sagte sie.

„Auf der Straße?" fragte ich.

Sie nickte nur.

„Spiel nur", sagte Daniela.

Ich stellte das Bier neben mich, erhob mich, reckte und streckte mich und gab mein Bestes. Das Übliche halt. Es machte Spaß. Ela putzte mich vom Asphalt. Wir hörten aber erst auf, als eins der seltenen Autos in der Straße uns zwang, das Spiel zu unterbrechen. Wir setzten uns zu Daniela.

„Anfänger", lästerte Ela.

„Ich bin halt mehr der Fußball-Mensch", verteidigte ich mich. „Ich hab nie zuvor Tennis gespielt."

„Ich schon", sagte Daniela.

„Wirklich? Könntest du mir nicht Training geben, daß ich nicht mehr so vermöbelt werde?" bat ich.

Wie Frauen das so machen, wenn du ihnen zu nahe trittst, drückte sie ihre Zigarette aus, stand auf.

„Ich spiel kein Tennis mehr. Ich muß los."

„Ich begleit dich", bot ich ihr an.

„Das ist nicht nötig", wehrte sie ab. „Noch nicht", wisperte sie. Da war sie schon fast an der Straße.

„Tja, Chance vertan", sagte Ela, die plötzlich ganz nah war und meine Hand ergriff. „Noch ein Spiel?"

Es war so eindeutig! Aber sind wir dafür nicht dankbar? Sie reichte mir einen der Schläger, und wir betraten die Straße. Sie hatte Aufschlag, es schien sich ein heißes Match zu entwickeln. Da kam ein Auto und dann...

„Ich habe es Dir gesagt, daß es zu wenig war. Jetzt ist er vorzeitig erwacht."

„Besser als eine vorzeitige Ejakulation."

Ich befand mich in einem Wagen. Auf den vorderen Sitzen saßen zwei Männer, die ich nicht kannte. Ich lag auf den Rücksitzen – in den Armen von Ela! Ich schreckte hoch.

„Was geht hier vor?"

„Redet der geschwollen. Ich habe es Dir gesagt, daß er die Sinnfrage stellen wird. Wie alle anderen auch", sagte der Mann auf dem Beifahrersitz. Er wandte sich mir zu: „Könnt ihr es nicht schlicht und ergreifend hinnehmen und akzeptieren, hä? Wozu Antworten??"

„Haben Sie mich... entführt?"

„Wo denken Sie hin?" schaltete sich der Mann am Lenkrad ein. „Das hier sind nicht die USA, sondern das ist good old Germany."

Was hatte das zu bedeuten? Barbarossas Reich kann es nicht sein, der hatte keine Autos. Des Führers Reich konnte es auch nicht sein, der hatte zwar Autos – aber nicht so moderne. Ja, und die Wiedervereinigung war doch schon gewesen, oder? Was faselte der da also von einem guten, alten Deutschland?

„Wozu Antworten?" fragte der Mann vom Beifahrersitz den Mann am Lenkrad. „Warum erzählst du ihm, was gar nicht von belang ist?"

„So ist der Mensch", antwortete der Fahrer.

„Ach ja? Dann sag mir, warum du dabei bist."

„Ich weiß es nicht."

„Du weißt es nicht?" ereiferte sich der Mann auf dem Beifahrersitz. „Wie knuffig. Und das soll eine Antwort sein?"

„Ja."

Es entbrannte eine heftige Auseinandersetzung zwischen den beiden Männern, der ich aufgrund ihrer philosophischen Tiefe gerne gefolgt wäre, denn so hätte ich vielleicht herausbekommen, worum es hier überhaupt geht. Aber Ela beugte sich über mich, so daß ich augenblicklich gezwungen war, einen tiefgehenden Einblick in ihr ausladendes Dekolleté zu nehmen. Mir blieb keine andere Wahl.

„Was willst du?" fragte sie mich, wobei sie die Anrede betonte. „Was wünschst du dir?"

Ich vermochte mich daran nicht zu erinnern. Und noch viel weniger vermochte ich mich ihren Blicken aus jadegrünen Augen zu entziehen. Sie hatte mich am Wickel.

Schon küßte sie mich, wie mich noch niemand geküßt hatte, weil mich noch nie jemand geküßt hatte. Was machte nur ihre Zunge mit miii…r?

Es ist schon ein recht seltsames Gefühl, in einer Situation zu bestehen, wo du gar nicht weißt, was die eigentlich von dir wollen. Da sitz ich festgekettet an einem Tisch in einem – ja was? – Verhörbunker. Vor mir zwei Männer, die, wie du es aus Filmen kennst, bad cop und good cop spielen, wobei nicht klar ist, welcher auf meiner Seite steht, denn es sind ja nur die Methoden, die sie unterscheidbar machen.

„Nun rück schon endlich mit der Formel raus", brüllt mich der bad cop an.

„Welche Formel?" frage ich.

„Wir wissen, daß Sie sie kennen. Die Formel von Morton Ferris", sagte der good cop.

Morton Ferris? Der Morton Ferris? War das nicht so eine Gestalt aus der Sage, der Geschichte oder nur einer Geschichte? Oder

„Bin... bin ich Morton Ferris?"

Der bad cop sieht seinen Kollegen an: „Habe ich's dir nicht gesagt?"

„Nein", sagt der good cop zu mir.

„Bin... bin ich dann der Autor?" frage ich nach Minuten qualvollen Nachdenkens.

„Wir halten Sie nicht zum Narren. Also bitte halten Sie auch uns nicht für solche. Wir kommen sonst keinen Schritt weiter."

„Die Formel!" schreit mich der böse Bulle an.

„Wirtschaft wird in der Wirtschaft gemacht", sage ich aus lauter Verlegenheit.

„Ah!" entschlüpft es dem Guten; der Böse zieht sich vorerst grummelnd in die Dunkelheit zurück, wo ich ihn nicht sehen kann.

„Das Problem des Menschen ist, daß er Dinge ins Werk setzt, die ins Unendliche streben, derweil die Substanz selbst endlich ist. Das führt zur Vernichtung. Das Problem des Kapitalismus ist das Kapital", sage ich.

„Daraus folgt?" fragt mich der good cop.

„Der Ball ist rund, und das Spiel dauert 90 Minuten?"

„Ich habe es gesagt!" kreischt der bad cop und prescht hervor, packt mich an der Gurgel: „Hör auf, mit uns zu spielen."

„Desinformation durch Information", wimmere ich.

„Das ist zu wenig." Der Griff um den Hals wird enger, die Halswirbel knacken bedrohlich.

„Desinformation durch Übertragung der Information in Echtzeit."

„Das Problem von Erzählzeit zu erzählter Zeit. Genauer!"

Ich kann nur noch japsen: „Verdien Geld mit deinen Feinden."

„Noch genauer!"

„Das Runde muß ins Eckige", gelingt es mir mit letzter Kraft zu hauchen.

„Du Scheißkerl." Der bad cop läßt meinen Hals los und schleudert mich gleichzeitig von sich. Mein Flug ist kurz, die Handschellen, mit denen ich am Tisch gefesselt bin, reißen mich zurück. Ein Schmerz durchzuckt meine Arme. Keuchend hole ich Luft.

„Zitate. Ich habe es ja gesagt."

„Ist eine Formel nicht ein Zitat der Schöpfung?" wage ich zu fragen.

„Nein, mein Freund. Eine Formel ist kein Allgemeinplatz. Eine Formel erzeugt Dinge und konsumiert sie nicht bloß", antwortet mir der good cop.

„Und was hat das mit mir zu tun?" frage ich.

„Siehst du?" wendet sich der bad cop an den guten.

„Ja. Ich sehe es", entgegnete dieser und drückte auf einen Knopf hinter ihm. Kurz darauf trat - ja, war es denn möglich? – Daniela in einer Uniform herein. Sie kam zum Tisch, stellte sich vor mich hin, zog meinen Kopf zu sich heran und preßte mein Gesicht zwischen ihre kleinen, festen Brüste. Der Uniformstoff war durchscheinend. Ihr süßer Geruch nahm mich sofort gefangen.

Sie riß meinen Kopf zurück: „Schau mich an!"

Sie zwang mich, tief in ihre tiefschwarzen Augen zu blicken. Ich verstand nichts.

Derweil löste der good cop die Handschellen vom Tisch. „Daniela wird jetzt ein wenig mit Ihnen Gassi gehen. Vielleicht erhöht das Ihre Einsicht in die Notwendigkeiten."

„Gassi?" entfuhr es mir wie ein unbeabsichtigter Furz.

„Gassi", bestätigte der bad cop. Beide cops winkten mir zynisch lachend nach, als Daniela mich an einer Leine aus dem Raum führte.

Draußen zog sie mich an sich. Ich spürte ihre harten Nippel gegen meine Brust drücken, während sich derweil etwas gegen ihre Sperrzone preßte. Sie wollte mir gerade was sagen, da wurde ich nach hinten herumgewirbelt. Es war Ela!

„Ab hier übernehme ich", schnarrte sie.

„Aber...", setzte Daniela zu einer Entgegnung an.

„Nichts da, Satine! Du bist zu samt", schnitt Ela ihr das Wort ab, nahm die Leine und zerrte mich mit sich.

In einem kalten, schäbigen Zimmerchen dann zerrte sie mir die Klamotten vom Leibe.

„Blute wie ich", flaumte sie mich an, zog ihren Rock hoch und rammte mir ihr spitzes Ding voll in den Rasen. Ich konnte es nicht fassen, zu verdutzt, um zu schreien. War ich nicht ein Mann? War sie nicht eine Frau?

Es war aber kein elektronisches Spielzeug, was da verheerend in meinen Eingeweiden wühlte. Es lebte und ließ mich bluten.

„Na, wie fühlt es sich an?" fragte Ela. „Wie ist es, wenn da jemand anderes in dir ist?"

Wie konnte ich ihr klarmachen, daß da schon jemand anderes in mir war?

Rape! tat das weh!

Sie kam in mehreren Wellen und spülte mich aus. Mutter England, es mußten Spermien durch meine Adern fließen und kein Blut mehr!

Und Strom! Sie schloß mich an einen Generator an, indem sie einen Kontakt in mein Arschloch und einen weiteren in meine Möse stopfte.

Schockwellen liefen durch meinen Körper. Spasmische Zuckungen, kosmische Entladungen. Sie ließ mich mit Weihwasser verdünntes Napalm schlucken. Ich sah meine ungeborenen Kinder in Krematorien brennen, lustige Tänze führten sie mit den Elastitäten dieser Welt auf. „Ich blute", schrie ich und merkte nicht, daß es der Mann neben mir war. Aber der Mann war ich, oder? Wir sollten mit befruchteten Eierhandgranaten jonglieren, die rattenscharf waren. Irgendwer lebte tausend Tode, platzte tausend Male scheckartig, füsilierte tausend Füsilierte, leckte Katzenmuschis und sabberte besamt ungezahnt die Rente zulichte. Doch war es nicht ich, der ich den Geschmack des Haufens nicht müde wurde, den sie mir in mein Maul gesetzt hatte. Ich schluckte wie eine Nutte. Nuttensauger.

Schließlich schleppte sie mich in einen riesigen Saal, der durch mehrere Gittergewände zellgeteilt war. Jede Zelle war voll bis auf eine, in die sie mich hineinwarf. Mit Schmackes schlug sie die Klappe zu. Tod des Affens? Mühsam kämpfte ich mich auf die Pritsche. Ich blutete noch immer, und immer noch war Ela in mir. Ich weinte.

Die Gefangenen in den Zellen, die an meine grenzten, drängten sich an die Stäbe und bestaunten mich.

„Er weint", sagte einer.

„Das geht vorbei, wie es kommt. Es wird lernen", sagte ein anderer.

„Hast du etwa geweint?" wurde der zweite von einem dritten gefragt.

„Nein.“

„Hat irgendwer von uns geweint?“ fragte ein vierter in den Saal.

„Immer niemals!“ kam die Antwort wie ein Felsrutsch. Er spülte mich zurück an die Oberfläche. Ich sah mir meine Mithäftlinge an.

„Ihr seht aus wie ich“, schrie ich entsetzt.

„Du scheinst uns zu gleichen. Wie ist dein Name?“ brandete das Meer zurück.

„Würde uns das denn weiterhelfen?“ fragte ich.

„Wir essen es nicht. Sag du es uns. Du bist es, der weinen kann“, sprach Eimer.

„Ich bin eine Frau“, gellte es verzweifelt aus mir.

„Was sind wir?“

Da öffnete sich meine Zellentür, und Daniela stand vor mir. Meine Miet-Häftlinge lösten sich wie Nebel in Rauch auf. Ich war dankbar für ihre Diskretion. Daniela barg mich an ihren festen Busen. Wie sehr liebte ich doch ihren Geruch.

„War das nötig?“ fragte sie mich.

„Was?“ fragte ich zurück.

„Dich durch das zu identifizieren, was andere dich sehen machen.“

„Aber wie soll ich sonst erklären, wer ich bin?“

„Du brauchst ein Gesicht.“

„Ich brauch einen Namen. Ich muß mich an meinen Namen erinnern.“

„Durch Erinnerung gelangst du nie dazu, zu sagen, wer du <u>bist</u>. Erinnerungen können dir nur sagen, wer du warst.“

„Warum bist du hier?“

„Finde es heraus, wenn du leben willst.“

„Aber wie?“

„Was willst du mit einem Vergleich? Ich kannte mal einen Ion Dragalina. Doch das ist keine Lösung“, seufzte Daniela. Behutsam strich sie über meinen von einer Kruste aus Kot, Blut, Sperma verschorften, kahlen Schädel. „Finde dein Gesicht."

Ich nahm eine ihrer Hände und preßte sie gegen meine zu Schatten verbrannten Wangen. Als würde mich ein Engel erleuchten!

„Wo du bist, ist Gott", sagte ich und weinte in ihre Hände.

„Das ist lieb gesagt von dir." Sie stand auf. „Ich muß jetzt gehen. Denk immer an das, was ich dir geraten."

Kaum war sie weg, fiel ich zusammen wie ein Schach Tartoffelscheel. Wie sollte das gehen, von dem sie gesprochen hatte? Meine Pussy war meine ID, oh Gottes Kinder.

Die Zellennachbarn waren wieder ganz nahe: „Und? Kann sie uns helfen?"

„Hilf dir selbst, so hilft dir Gott."

„Rape!" zischten meine Kameraden.

„Allein schon der Gedanke ist die Tat. Die Tat selbst nur die Exekution seiner."

„Hey", sagte Eimer zu mir. „Was hältst du von dieser Information: In zwei Stunden machen wir alle einen Hofgang."

„Kaufe einen Aufstand", entgegnete ich.

„Übernimmst du dafür die Verantwortung?" wollte ein zweiter wissen.

„Wenn's mehr nicht ist?" fragte ich zurück.

So kam es während des Hofgangs zu einem Häftlingsaufstand. Erstaunlicherweise fegten wir alles nur so hinweg. Unser Vorteil lag wohl darin, daß wir eine Mischung aus Rizom und Flutwelle waren. Wir drangen überall ein und sprengten es hinfort. TOR!!! Wächter waren keine da. Sie schienen im Angesicht der überwältigenden Zustimmung den Erfordernissen einer negierten Ichwelt nicht gewachsen zu sein und waren fo't. Bis auf eine Person. Aber die war ich, verleidet als Ela.

„Gib mir mein Gesicht", schrie ich sie an.

„Hast du denn Ehre?" erwiderte sie.

„Wenn ich selbstbestimmt lebe."

„Fiktion."

„Nein, ein Zitat. Was ist deins?"

Sie lachte höhnisch und hielt mich plötzlich im Würgegriff, ringsherum jubelte die Meute uns Catchern zu.

„Wer bist du?" flüsterte sie.

Geht es darum?

Warum bin ich dann hier? Die Landschaft leicht hügelig, grün in grün, walddurchsetzt. Eine Burg in nicht allzu weiter Ferne, auf die ich zusteuere. Aber bin ich denn wahrhaftig? Da? Ist die Tatsache, daß ich es wahrnehme, der Beweis, daß ich da bin? Entsprechend den allgemeingültigen Konventionen schon, oder? Wäre aber nicht ein Irrtum möglich, da es sich eindeutig um eine Traumlandschaft handelt? Reicht das aber schon aus? Bedeutet die Anwesenheit in einem Traum, daß man Teil des Traums ist? Was ist, wenn der Traum Teil der Realität ist? Ist er das denn wahrhaftig nicht immer?

Jedenfalls weiß ich, warum ich hier bin. Und ich weiß, daß die beiden, denen ich folge, wissen, wer ihnen auf den Fersen ist. Sie bekümmert es kaum, weil von mir keine Gefahr ausgeht.

Schon hasten wir über eine wacklige Hängebrücke, die über ein kleines Abseits gespannt ist. Am anderen Ende erwarten sie irgendwelche Wesen. Schon tobt der Kampf. Sie treiben sie vor sich her. Durch die wunderbar herrlich grünen Wiesen, durch die sich der Weg zur Burg schlängelt. Entscheidend ist aufm Platz. Immer und immer wieder prügeln Daniela und Ela auf die Viecher ein – Kreuzungen aus Futar und Sligs. Zum

Ficken und Fressen gleichermaßen geeignet. Und manchmal zum Kämpfen. (Wie Männer halt!)

Unaufhaltsam stürmen sie vor; ich dabei, zu beobachten. Mehr brauche ich nicht zu tun. Ihr Ziel dagegen ist, wenn auch fest umrissen, nicht klar gezeichnet: Erstürmung der Burg. Was sie sich davon versprechen, weiß ich nicht.

Die Burg, eingebettet in den Markierungen des Spielfeldes, erzittert unter ihren Schlägen, und schon stehen wir an der Brücke, die ein kleines Abseits überspannt. Auf der einen Seite zwei Kampfgrazien, auf der anderen Seite schleimig-stinkige Mampfrazien, die eigentlich – eigentlich! – nichts anderes im Sinn haben, als stumpf und zufrieden vor sich hinzuhoppeln.

Wir müssen über die Brücke, sonst ist unser Abenteuer vorbei, bevor es richtig begann. Auf die grünen Wiesen krepieren sie in Fontänen aus Blut und Eingeweideinhalten. Sofort stürzen sich in dieser lebensfeindlichen Landschaft possierliche und vom Aussterben bedrohte Ameisen und Aasgeier auf die Frischware, die nur noch zum Fressen und gar nicht mehr zum Ficken geeignet ist. Und selbst damit mußt du dich beeilen.

Mein Blick schweift willenlos umher, die Kugeln peitschen den beiden um die Ohren. Die Burg hat noch einiges in petto. Am Ende werden sie netto dafür umso weniger haben. So ist das mit BWL. Oder haben wir es hier mit Volkswirtschaftslehre zu tun? Machen zwei Individuen ein Volk aus? Sind die Futar-Sligs wirtschaftliche Einheiten? Und als was kann man die Burg auffassen? Ja, wenn es das Schloß wäre, wären die Verhältnisse eindeutig.

Reicht es wirklich, diese Brücke zu überqueren? Oder sollte man sie besser vorher nicht mit Luftunterstützung rationalisieren, um dann mit Hilfe von Luftlandeeinheiten das andere Ufer feindlich zu übernehmen?? So eine Brücke ist schließlich nicht nur für einen Einfall geeignet, sondern auch für einen Ausfall.

Die Burg steht und fällt nicht. Wie könnte sie auch? Sie ne Burg. Burgen werden erstürmt, zerstört oder geschleift. Im letzten Fall steht sie dann mit einer Schleife im Haar und überblickt das saftige Grün der Wiesen. Wind streicht ihr durchs Haar, sie lächelt schüchtern und blickt verstohlen in meine Richtung, als wäre ich da. Aber bin ich nicht da, wenn sie es nur will?

Marléne!

Wann begegnete ich ihr das erste Mal? Ich mußte zum Bezirkssekretär und saß schon in seinem Zimmer, da mußte er kurz weg. Da kam sie rein. Sie war seine Sekretärin und hieß eigentlich Sahra. Diesen Namen änderte ich aber für diesen Text, um sie zu schützen. Vor wem und was immer! Und sei es vor den überinteressierten und zu neugierigen Literaturwissenschaftlern. Als wäre es von Interesse, daß Marléne genau die Art von Mensch war, die mich in das Exil des Schreibens trieb. Blabla.

Wie es meine Art war, verhielt ich mich still. Doch sie mußte unbedingt ein Gespräch anfangen. Ich weiß auch nicht. Es gibt Menschen, die meinen, es sei unhöflich, in Gegenwart anderer zu schweigen. Ich ließ mich jedenfalls darauf ein, und so kam ein Gespräch ins Laufen. Ja, und als der Bezirkssekretär wieder im Zimmer war, da lief ich zur Höchstform auf. Wir kannten uns halt gut. Und bei mir reichte wenig, um zu leben. Viele halten mich für ernst. Wahrscheinlich verwechseln sie da was mit dem Vornamen.

Auf einer Bezirkskonferenz wenige Wochen später traf ich sie ein zweites Mal. Ihr Chef war kurz davor, eine gewaltige Rede zu halten. Sie stromerte ziellos durch den Saal, bevor sie sich zu mir setzte. Ich fühlte mich geschmeichelt. Fangen so nicht große Liebesgeschichten an?

Nach der großen Rede wollte ich noch mit ihr sprechen, doch sie mußte gehen. Außerdem hatte mich Ela erspäht und saß unlängst auf meinem Schoß.

War Marléne in der Burg, und wollte ich Marléne?

Das Tor – TOR! TOR!! TOR!!! – splitterte nach der Aushebung der Abseitsfalle unter den Schlägen von Ela und Daniela in tausend Jahre. Eine Armee von Futar-Sligs erwartete sie. Die beiden Frauen sahen einander an. Ela nickte: „Diese Ähnlichkeit ist verblüffend."

„Könnt ihr weinen?" rief Daniela der Armee entgegen.

Die Futar-Sligs schienen verwirrt. „Ist das wichtig?" riefen sie im Chor.

„Wißt ihr, was Glück ist?" fragte Daniela.

„Es gibt so viele Realitäten wie Lebewesen in dieser Welt, die die einzige ist", erwiderte der Korpsgeist der Armee.

Wie auf Befehl griffen sie an. Es war ein wahres Geschnetzeltes. Alles verschmolz zu einer Symbiose aus Blut, Fleisch und Abführmitteln. Und noch waren wir nur im Burghof.

Breaking News: Hallo, hier spricht Dan Ritter von Radio Free Moscow. Nach letzten uns vorliegenden Meldungen wird gerade die Burg Wolkenstein, neben der Sie mich hier stehen hören, von zwei Frauen gerapet. Wir schalten nun live und in Farbe zu unserem X vor Ort. – Kinder Gottes! Ich war die Kamera. Oder? *– „Dan, alles was ich Ihnen sagen kann ist nur: Bloodfeast. Es ist possierlichgrausam. Eine Verschwendung von Lebensmitteln." – Danke. Sobald sich eine neue Entwicklung passiert hat, schalten wir wieder zu Ihnen. Bis dahin sehen wir Bilder von der Cheops-Pyramide, von* *der Experten seit Abrahams Zeiten sicher wissen, daß sie jeden Augenblick einstürzen wird. Gespannt blickt die Menschheit seitdem auf dieses Weltwunder, von dem Experten meinen, daß es jeden Augenblick in sich zusammenstürzt. Fukushima, mon amour.*

Es ist nicht besonders schön, in den aufgeplatzten Gedärmen anderer zu stehen, insbesondere wenn nicht sicher ist, daß es nicht meine eigenen sind. Doch D&E scherten sich nicht drum. Wie eine Dampfwalze walzten sie alles platt. Was schon seltsam war, denn so verwandelten sie den Aufgang in das Turmverlies in eine Rutsche, naß von Blut und Schweiß – „Hey, du! Zur Seite!"

Fassungslos schaute ich hinterdrein. Die Rutsche wurde von Badelustigen genutzt. Konnten die denn nicht solange warten, bis das Zerhackgesplatterte beseitigt war?

„Dan. Es geht alles seinen Gang. Sie wissen ja: Keine Atempause – Geschichte wird gemacht – es geht voran. Aufwärts auferstanden aus Ruinen und..."

So landeten wir schließlich vor der Tür. Wir mußten sie aufbrechen, uns blieb keine andere Wahl, denn die Unglückstouristen hinter uns drängten und würden uns zweifelsohne ohne Badehose zerquetschen.

Ein Knall, die Tür sprang auf und Marléne aus ihrem Bett. Wie hatte sie sich nur geändert. Blaß war sie geworden, die Haare kurz und glatt und blond. Wo war die rotbraune Lockenpracht geblieben, durch die ich in meinen feuchten Träumen gefahren war?

„Was wollt ihr?" rief Marléne.

„Dich befreien", riefen E&D.

„Wenn ich nicht befreit werden will?"

Breaking News: Hallo, hier bricht Dan Ritter von Foxtrott News. Nach den letzten uns vorliegenden Botenbeichten ist es unseren Spezialpuppen gelungen, die Schrecken der Kammer in der Burg Wolkenstein ausfindig zu machen und das darin herrschende Dübelübel aus der Unterdrückung zu ermooshammern. Wir schalten nun zu unserem Korrespondenten.

„Dan? Hier spielen sich ermütternde Szenen ab. Verschüttend."

Spielten sie wirklich? Oder nur wahrhaftig? Oder gar eigentlich? Vor lauter Wut infolge der Zurückweisung durch Marléne warf sich Ela auf die versammelten weekend warriors, die als Ersatz für ausbleibende Mutterrekrutensöhnchen eingesetzt wurden, bumste sie kompanieweise und fraß sie dann in Divisionsstärke auf, wobei keiner diversifizierte. Daniela hingegen setzte sich zu Marléne aufs Bett und versuchte ihr zu verdeutlichen, daß nicht sie es sei, die den Wunsch nach Unterdrückung äußere, sondern ihr Es. Sofort mußte ich ans Essen denken. Letztlich platzte Ela der Kragen, und sie stürmte auf Marléne zu. Daniela stellte sich ihr in den Weg.

„Nein."

„Falsch. Vielleicht." Ela schleuderte Daniela in die Gruppe Wahlbeobachter der OSZE, die immer noch ganz verzückt aus der Wäsche glotzten, weil ihnen dermaßen der Marsch geblasen wurde, daß sie noch immer aus dem letzten Loch pfiffen.

Breaking News: Hallo, hier dicht Dan Ritter von Radio Bikini. Gibt es eine neue Ent-wicklung?

Wie Godzilla im Leib eines Golems marschierte Ela tittenschwingend unerbittlich auf Marléne zu. Um Marléne zu verwirren, wechselte sie unablässig die Scheidehand. Plötzlich war ich neben Marléne.

„Wer sind Sie?"

Was sagt man in einer solchen Situation? „Ich bin hier, um... – Später."

Ela holte aus, während ich uns nur mit Mühe außer Reichweite und neben das Fenster des Zimmer brachte. Vor diesem hielt ein Wagen mit kreischendem

Keilriemen, eine Tür wurde hastig geöffnet: „Schnell, schnell, schnell!"

Daniela hielt die Tür geöffnet, im Fond zwei Typen. Ich Marléne in die, warf mich, die Tür wie ein Sargdeckel. Der Wagen brauste davon.

„Wer seid ihr?" schrie Marléne uns entsetzt an. Ich wollte sie halten, doch sie schlug nur auf mich ein.

„Was werden wir sein? Das ist die Frage", sagte Daniela.

„Ich habe es dir gesagt", sagte der Beifahrer zum Fahrer.

„Du wiederholtst dich", erwiderte der Angesprochene.

„Wie sich meine Periode", bemerkte ich. Das Blut floß nur so aus mir raus.

„Das ist nicht...", begann Marléne und erstarrte. Jetzt hatte sie wie ich auch ein Messer voll in den Unterleib gerammt bekommen.

„Alles wird gut!" sagte die Frau, die ich für Daniela hielt und die unsere Gesichter tief in die Sitzbänke preßte.

„Einverstanden, mein Süßer. Wer war diese Schlampe, der du immer noch auf den mickrigen Arsch starrst?" fragte mich Ela, während sie besitzend und bestimmend in meinen Hals biß.

Sie hatte recht. Mit Gewalt mußte ich meinen Blick von diesem wohlgeformten Hintern lösen. Elas spitzknochige Arschbacken, die sich in meine Oberschenkel bohrten, waren dabei eine echte Hilfe. Und ihre Zunge, die Stellen berührte, so daß es mich leicht vom Hocker hauen konnte.

„Das war die Sekretärin unseres Bezirkssekretärs", gelang es mir zu sagen.

„So einer Verbildeten glotzt du nach?" fragte Ela.

„Gibt es Gründe, die dagegen sprechen?" reagierte ich mit einer Gegenfrage.

„Du bist zu weich. Du wärst keine Herausforderung für sie."

„Meinst du, daß sie das will?"

„Das wollen alle. Glaub mir. Oder Geld."

„Und was willst du?"

„Spielen."

Kinder Gottes, das ist ja prima.

„Oh-ha!"

„Was gibt's?"

„Der mickrige Arsch steuert genau auf uns zu."

So schnell war ich noch nie aus einer waagerechten Position wieder in der Senkrechten mit hochgezogenen Hosen. Zum Glück störte sich keiner der Kongreßteilnehmer an Elas Alfa Romeo, den sie nun hochwuchtete. Sie hatte tiefer gelegen.

„Äh. Der Bezirkssekretär möchte mit Ihnen reden", sagte Sahra.

„Jetzt?" fragte ich.

„Sofort und augenblicklich." Sie nahm mich an meiner vaginalsekretfeuchten Hand, führte mich durch den überfüllten Kongreßsaal direkt in einen kleinen Raum hinter der Tribüne. Der Bezirkssekretär wartete schon auf mich. Unruhig ging er auf und ab.

„Herr Bosskow! Ihre Rede war beeindruckend", begrüßte ich ihn.

„Ja, das sagen sie alle", gab er zurück und ergriff meine Hände, nötigte mich auf einem Stuhl Platz zu nehmen. „Danke Sahra. Bitte achten Sie darauf, daß uns niemand stört."

„Wie Sie wünschen." Sie schloß die Tür hinter sich. Nun war ich mit Bosskow allein, der weiter auf und ab tigerte.

„Mit den Menschen ist es unheimlich kompliziert geworden", stöhnte er.

„Wo liegt das Problem?"

„Sie sind das Problem."

„Das mit Ela kann ich erklären. ... Ich...", versuchte ich mich zu rechtfertigen.

„Mit wem Sie sich in der Öffentlichkeit feucht küssen, müssen Sie mir nicht erklären. Es geht höchstens Sahra etwas an. Aber das wissen Sie."

„Woher können Sie..." Ich war verdutzt.

„Das ist nie das Problem, wissen Sie? Es sind nur die Umstände, die es uns so schwer machen, einander zu beglücken."

Ich wollte etwas erwidern, doch er blockte ab: „Schweigen Sie. Ich habe mit Ihnen zu sprechen, also unterbrechen Sie mich nicht." Stumm nickte ich.

„Schön", er lächelte mir zu und wurde ernst. „Sie stehen vor der Wahl: Entweder reisen Sie aus und machen große Karriere in der Welt, oder Sie landen als Nachtwächter im unbedeutendsten Betrieb in der entlegensten Provinz."

„Was?"

„Ihre Satzformel, lieber Freund. Das geht so nicht. Nicht bei uns. Damit können Sie hier nicht Karriere machen. Verstehen Sie?"

„Ich darf nicht mehr in meinem Beruf arbeiten?"

„Zumindest nicht hier."

„Wo dann?"

„Überall in der Welt, wo es noch Stellen gibt." Er wurde ein wenig leiser: „Aber im Vertrauen: Die werden auch noch in den nächsten Jahren gestrichen. Ich hab's aus sicherer Quelle."

„Ja, aber..."

„Kein Ja-aber. Talent ist ohne Zweifel gefragt, jedoch keine Genialität. So etwas macht den Menschen angst, verstehen Sie? Ganz besonders solchen Menschen, die nicht aufgrund einer Qualifikation eine Position einnehmen."

„Aber... wie?"

„Nun fangen Sie sich mal wieder. Sehen Sie nicht die Chance, welche ich gezwungen bin, Ihnen zu bieten? Niemand will Genies. Aber Opfer! Denn mit Opfern läßt sich Politik machen und Spiele spielen."

„Und die Satzformel? Was soll aus ihr werden"

„Machen Sie Pop draus. Damit läßt sich gut leben – nur nicht hier."

Ich schwieg. Verstand ich das richtig? Ich mußte gehen? Wegen einer Sache, die ich für uns alle hier entwickelt hatte?

„Bitte." Er schob mir einen Paß hin. „Nehmen Sie ihn, fahren Sie nach Hause, überlegen sich ein hübsches Ziel und packen die Koffer."

„Aber wieso?"

„Sie halten sich nicht an die Regeln. Machen Sie Pop, dann ist das egal, kann sogar Geld bringen."

„Und meine Zukunft? Was wird aus unserer Zukunft?"

Der Bezirkssekretär umarmte mich: „Dafür liebe ich Sie. Sie sind so herrlich naiv. Sie wollen jemand werden und nicht jemand sein. Das ist ein bewundernswerter Zug an Ihnen."

Er entließ mich aus seiner Umarmung und aus dem Zimmerchen. Sahra sah mich mit Tränen in den Augen an.

„Ach, Marléne", flüsterte ich und streckte die Hand nach ihrer Wange aus. Doch da schnellte eine andere Hand vor und fing meine ab. Es war Ela. Sahra war blitzschnell verschwunden.

Ela und ich trieben es auf der Rückbank meines Lada Gigolis, den ich später durch einen Jaguar Sovereign ersetzen sollte. Eine tolle Kiste, die sogar ohne Benzin und Motor fuhr. Ich erzählte ihr jedoch nichts von der Unterredung mit Bosskow. Es war halt, wie er sagte, kompliziert. Die Nacht verbrachten wir bei ihr mit ungeschütztem Sex. Mochte das ein Eigentor sein, so war es am Morgen des nächsten Tages nicht mehr mein Problem, denn – Ela schlief noch selig schnaufend – ich stahl mich von dannen. Ich rief die Nummer an, die mir Bosskow gegeben hatte und saß noch am gleichen Tag in einem Flieger. Neben dem Paß hatte ich nur ein wenig an Bares dabei – und eine Bescheinigung, die meinen Opferstatus bestätigte.

So billig läßt sich aus der Geschichte eine Geschichte schlagen. Doch war es – wie immer und überall – komplizierter und diffiziler, als es sich Dan Ritter (Radio Liberty) vorstellen kann. Es ist nun einmal für jeden anders. Jeder ist anders. Und jeder ist sich ab einem bestimmten Punkt selbst fremd gegenüber. Das ist Pop. Der Wagen aber, in dem ich sitze und von dem ich nicht weiß, wohin er mich bringen wird, ist es nicht. Und Marléne... Was ist nur mit Marléne? Und wo ist Daniela??

Ist Ihnen schon einmal der Gedanke gekommen, daß Ihre Erinnerungen gar nicht ihre Erinnerungen sind? Meinen Sie nicht, daß Sie mit Ihrer Annahme, das alles, was sie schildern, erlebt zu haben, falsch liegen? Ist es nicht eher so, daß Ihnen die Erinnerungen von außen eingegeben wurden und werden? Vielleicht sind es auch gar keine Erinnerungen, sondern Versatzstücke aus Fiktionen. Was aber, wenn Erinnerungen sowieso nur Fiktionen sind?
Who's talking?
Möchte man Sie nicht dazu bewegen, auf bestimmte Art und Weise zu handeln? Will man Sie nicht in eine bestimmte Richtung drängen? Werden Sie nicht deswegen manipuliert?
But I'm sitting here in the car.
Und? Der einzige Beweis dafür ist Ihre Stimme, die spricht. Was passiert, wenn sie schweigt? Sehr wahrscheinlich sitzen Sie keineswegs in einem Wagen.

Öffnen Sie nur Ihre Augen. Warum sehe ich Sie da durch ein Gebäude gehen? Ein Gebäude, das mir vertraut erscheint. Ebenso sind die Männer, mit denen ich unterwegs bin, meine Freunde.

„Ganz leise. Niemand darf Verdacht erwecken", sagte Adinamic. Ich schaute mich um. Die architektonische Mischung aus Schulaula und Delphingehege eines Zoos behagte mir nicht sonderlich.

„Psst. Sie könnten uns hören", wisperte Birdrug. Er schlich wie eine Katze durch den Raum, der von Treppenaufgängen durchsetzt war wie eine Wiese von Gänseblümchen. Adinamic dagegen bewegte sich wie ein Krebs, immer bereit, seine Scheren zuschnappen zu lassen. Ich wiederum folgte ihnen ein wenig – ängstlich. Wir mußten durch diesen Raum, um zu unserem Ziel zu gelangen.

Da führten einige Stufen hinab auf ein unteres Level. Wir folgten ihnen und fanden uns unter Arbeitern wieder, die die Kachelung des Bodens ausbesserten.

„Dreck", zischte Adinamic. Er und Birdrug zogen sich zurück. Ich dagegen machte den Kehrtwechsel nicht mit, sondern versuchte mich auf einer nicht allzu hohen Mauer zwischen den Arbeitern hindurchzuschlängeln. Es war ein Vor und Zurück, ein Schritt nach rechts und zurück, ein Schritt nach links und nach vorn und wieder zwei Schritte zurück. Die Arbeiter durften nicht bemerken, wie ich mich zwischen ihnen bewegte. Sie taten es auch nicht. Vielleicht nahmen sie mich absichtlich nicht wahr. Aus Pietät oder Schlimmeren.

Darum verwunderte es mich, als ich plötzlich ein rabbit on the run war. Ich wurde verfolgt, gehetzt und mußte fliehen.

Schließlich fand ich mich auf einem Weg, der um die Burg herumführte. Die Sonne schien, das Gelände war felsig, aber zwischen den Spielfeldmarkierungen mit ein wenig Gras hier und da durchsetzt. Von Birdrug und Adinamic keine Spur. Allein hastete ich den Weg entlang und wußte, daß ich verfolgt wurde. Ich wagte nicht, mich umzuschauen. Wer weiß, was ich zu sehen bekam?

Schließlich hatten sie mich. Sie führten mich ins Turmverlies, wo jemand Bekanntes auf mich wartete.

„So trifft man sich wieder", sagte sie.

„Marléne!" Ich war fassungslos. Sie lebte!

„Was tust du hier?" fragte sie.

„Was alle tun?" fragte ich.

„Warum bist du damals gegangen, ohne mir etwas zu sagen?"

Ich begann zu grübeln.

„Sahra?" fragte ich mich vorsichtig vortastend.

„Jetzt lenk nicht vom Thema ab."

„Ein Mann trat aus dem Hintergrund nach vorn: „Ich habe es Ihnen gesagt. Es ist sinnlos." Er schlug mir ins Gesicht.

„Was ist Sinn?" Ich war verwundert.

„Elf Freunde müßt ihr sein", sagte ein zweiter Mann vor dem Schwarz des Hintergrunds auftauchend.

„Zuerst den Ball und dann den Gegner spielen", entgegnete ich.

„Siehst du? Hier sind Arbeitsplätze an der freien Luft. Wir arbeiten, wobei wir das Arbeiten als einen Ausdruck des Spieltriebs begreifen. Deshalb arbeiten wir nicht, um der Arbeit willen, sondern um Befriedigung zu erzielen. Arbeit, die dir nicht Erfüllung bringt, ist wie Trockenschwimmen", sagte Daniela, als sie mir die Außenanlagen der Burg zeigte.

„Ist der Satz ‚Liebe deinen Nächsten wie dich selbst.' eine Aufforderung zum Onanieren?" fragte ich sie.

„Immer noch der Alte, wie?" Sie schaute mich grinsend an, ihre Enttäuschung nur schwer verbergend.

„Was macht dich so sicher, daß ich männlichen Geschlechts bin?"

„Gute Frage. Was willst du sein?"

„Ich habe es noch nicht herausgefunden."

Wir waren nun an einem Stand angelangt, der aus nicht mehr als einer Tischtennisplatte bestand. Zwei Menschen waren dort zugange, die Daniela kannte. Sie machte uns einander bekannt. Sie waren wie ich Raperaiders.

„Laßt uns eine Runde spielen", schlug sie vor.

Schon lange hatte ich keinen Schläger mehr in der Hand gehabt. Es war ein ungewöhnliches Gefühl nach Jahren der Untätigkeit an der Platte zu stehen. Wir spielten Doppel: Daniela und ich gegen die zwei auf der anderen Seite.

Rasch merkte ich, wie mir das Feeling für die Situation fehlte. Die Platte, der Schläger, Daniela und das Umfeld, das einen an einen Markt erinnerte – was tat ich hier?

Voller Wucht knallte ich den Ball ins Netz. Er droppte noch ein paar Mal auf und blieb dann liegen. Es war gar kein Ball mehr. Es war nur noch ein Splitter davon. Einer von der Gegenseite nahm den Splitter. Ihn schien es nicht zu stören. Er wollte damit den Aufschlag durchführen. Ich legte den Arm um die neben mir sitzende Daniela. Der Bus fuhr durch bekannte Landfluchten. Schüchtern lächelte sie. Wir beiden waren allein im ganzen Bus.

„Ist das dein Traum?" fragte sie.

Ich drückte sie an mich. „Das weißt du", antwortete ich.

„Ja, aber weißt du es auch?"

„Wir müssen zurück, um später woanders von vorne zu beginnen."

„Sind das nicht zu viele Unbekannte auf einmal?"

„Du kennst dich. Du kennst mich. Ist das nicht eine Basis?"

„Hallo!" – Wer war denn das? Wie hatte sich die Person denn da zwischen uns geschmuggelt und sich an mich geschmiegt? Sie war attraktiv und ließ meine Hände gewähren, die ganz automatisch

„Wer bist denn du?" fragte ich.

„Ela", antwortete sie. „Komm", forderte sie mich auf, als der Bus vor dem Chrysler Building hielt. Arm in Arm verließen wir das Gefährt. Daniela schaute uns hinterdrein. Irgendwie wollte ich nicht, was das passierte, war aber völlig machtlos dagegen.

Meine Finger gelangten in ihr schwarzes Loch.

„Du siehst es völlig falsch, Franza", sagte Ela aufseufzend, meine Hand in ihre Möse pressend.

„Rock'N'Roll."

Breaking News: Hallo, hier brecht Dan Ritter von Radio Jerewan. Aus gut unterrichteten Kreisen erreichte uns die Neuigkeit, daß der Diskurszerstörer auf seiner Tour durch das Universum auch bei uns Station macht. Wie allseits bekannt, ist mit jeglichem Diskurs Schluß, wo er die Massen entgeistert. Wir haben nichts unversucht gelassen, seinen genauen Aufenthaltsort auf unserem Planten zu ermitteln. Unserem Korrespondenten Kay – Halt! Stopp!! ... Regie? ... Hallo Regie? Was mach ich noch hier? ... Regie? REGIE!! ... – Ach, leckt mich. Geh ich halt auch.

„Auf nach Mexiko, Ed."
„Okay, Diana."

HIV
(RÜLPS)

2005

Als Morton Ferris an diesem Morgen erwachte, wußte er nur noch, daß es mit einem Traum zu tun hatte. Das war aber auch schon alles. An mehr konnte er sich nicht erinnern. Dafür fühlte er sich richtig ausgeschlafen und beschwingt. Schon lange hatte er sich nicht mehr so gut gefühlt. Es würde sein Tag werden, das spürte er. Heute würde sich endlich etwas bewegen.

Das Frühstück war dem Tag angemessen. Seine Mutter hatte ihm seine Lieblingsspeise zubereitet: Würstchen in Rührei. Da paßte eins zum anderen. Als sie ihn verabschiedete, bemerkte sie, wie munter ihr Sohn war. Das gab ihr ein gutes Gefühl.

Bis zu seiner Wahl als Schülersprecher war es nicht üblich, daß Schüler auf den Parkplatz der Lehrer parken durften, es war verboten. Doch durch seine erwiesenermaßen ernsthafte und erfolgreiche Mitarbeit als Schülervertreter in Schulangelegenheiten war es Morton gelungen, das Verbot zumindest teilweise aufzuheben. Und ihm war es sogar vergönnt, einen Parkplatz neben dem des Schulleiters zu erhalten.

Als Morton seinen Wagen auf seinen Stellplatz fuhr, stieg gerade der Schulleiter aus seinem Buick. Freundlich winkte er seinem Schülersprecher und wartete, bis auch dieser ausgestiegen war.

„Mr. Ferris, guten Morgen. Schön, Sie zu sehen."

„Mr. Sheen. Es freut mich, Sie so gut gelaunt zu sehen." Die beiden reichten sich die Hände und schlugen dann den Weg zum Schulgebäude ein.

„Mr. Ferris, das müßte ich von Ihnen sagen."

„Es ist einfach ein schöner Tag. Was kann ich da machen?"

„Kommen Sie in der ersten großen Pause in mein Büro. Ein neuer Sponsor möchte sich vorstellen. Da wäre es schön, wenn Sie dabei wären."

„Kein Problem."

„Also: bis dann."

„Mr. Sheen."

Beide betraten das Gebäude und trennten sich. Morton ging sofort zu dem Biologie-Raum, wo er seine erste Stunde hatte. Viele grüßten ihn, und er grüßte fröhlich zurück. Er war zwar der beste Schüler seines Jahrgangs und Schulsprecher, dennoch war er beliebt. Keiner sah in ihm den Streber, obwohl er manchmal schon das Gefühl hatte, einer zu sein. Es war aber nur so ein unbestimmtes Gefühl, das kam und ging. Heute war davon nichts vorhanden. Vor ihm lag ein herrlicher Tag im Kreis der Menschen, die ihm etwas bedeuteten.

Mit eleganter Leichtigkeit nahm er seinen Platz im Biologie-Raum ein. Bio war nicht unbedingt sein Lieblingsfach, aber es fiel ihm auch nicht besonders schwer. Dabei konnte man jedoch auch nicht sagen, daß ihm die Dinge so zuflogen. Sicherlich, er hatte Talent. Um es aber umsetzen zu können, hieß es, hart an sich zu arbeiten. Vielleicht war es aber auch schlicht und ergreifend so, daß er versuchte, dieses Fach ebenso wie die anderen Fächer ernstzunehmen.

Als Jennifer Daniels den Raum betrat und zu ihrem Platz neben ihm eilte, durchzuckte es Morton. Er hatte Jennifer schon immer gerne gesehen. Er fühlte sich wohl bei ihr. Das war wohl auch der Grund, warum sie Freunde waren und so gut in der Schülermitverwaltung zusammenarbeiteten.

Schon lange kursierten Gerüchte darüber, daß beide ein Paar seien. Bis heute waren sie wirklich nicht mehr als Gerüchte. Doch gerade jetzt, als Jennifer mit einem Lächeln neben ihm Platz nahm, überfiel Morton schlagartig die Gewißheit, daß es ab heute der Wahrheit entsprechen würde. Es macht ihm keinerlei Angst.

„Hallo, Mort!"

„Hi, Jade! Schön, dich zu sehen." Er wollte noch etwas sagen, doch da betrat ihr Biolehrer den Raum.

„Wir müssen nachher miteinander reden", flüsterte Morton.

„Ich weiß", antwortete Jennifer. Ein Lächeln umspielte ihren Mund, und Morton erkannte, daß es auch ihr klargeworden war.

Ungeduldig erwartete Morton das Ende der Unterrichtsstunde. Zu seinem Glück konnte er sich wie sonst auch am Unterricht beteiligen, so daß die Zeit, wie man so sagt, im Flug verging. Kaum hatte die Klingel das Ende des Biologie-Unterrichts angezeigt, wollte Morton mit Jennifer sprechen. Der Biologielehrer ließ das nicht zu. Er hatte ebenfalls vom neuen Sponsor gehört und wollte mit Morton und Jennifer von der Schülermitverwaltung sprechen, um ihnen zu verdeutlichen, was die Biologie vom neuen Mäzen erwartet. „Ich hoffe auf eure Unterstützung", schloß er.

Jennifer und Morton sahen sich an. Ein jeder konnte in den Augen des anderen erkennen, wie enttäuscht er war, daß die kleine Pause komplett für den Biolehrer draufgegangen war. Nun war es aber ihre Aufgabe, und sie wußten, wie wichtig diese Unterredung war. Außerdem hatte der Biolehrer recht.

Morton nickte, und Jennifer sagte: „Machen Sie sich keine Sorgen."

„Danke."

Sie mußten sich sputen, um nicht allzu verspätet in die nächste Unterrichtsstunde zu kommen. Aber Mr. McDee, ihr Englisch-Lehrer, kannte das schon von den beiden. Seine Überraschung war dann auch eher gespielt, als die beiden wie ertappte Sünder seinen Raum betraten und gebeugten Hauptes ihren Sitzen zustrebten.

„Homer muß sich bei der Abfassung seiner Odyssee geirrt haben. Odysseus war auf seiner Irrfahrt nicht allein. Er wurde von Penelope begleitet, wie man an unserem Paar sehen kann."

Morton wollte etwas erwidern, doch legte Jennifer kurz ihre Hand auf seine. Verwirrt von der Wärme und vom Glücksgefühl, das ihn plötzlich durchströmte, schaute er sie dumm an. Sie zog sanft die Hand zurück, lächelte verschmitzt: „Scht."

Mr McDee, feinfühlig wie immer, erfaßte die Lage und grinste: „Nachdem Dawson und Joey endlich zueinander fanden, laßt uns schauen, wie es uns gelingen mag, in den wüsten Ländern Mr Elliots zu überleben. Die Toten haben wir das letzte Mal begraben. Nun heißt es, eine Feuerpredigt zu löschen."

Morton bekam nicht alles mit von dem, was diese Stunde verhandelt und gepredigt wurde. Zu intensiv versank er in das von McDee an die Wand geworfene Bild von Dawson Odysseus und Joey Penelope. So kriegte er auch nicht das Ende der Stunde mit. Versunken saß er da und grübelte, während seine Schulkollegen an ihm vorbeiströmten, Blicke auf ihn warfen und offen oder verstohlen lachten und grinsten. ‚Odysseus' machte es die Runde.

Da durchströmte ihn plötzlich wieder diese Wärme, die er bis vor kurzem nicht gekannt hatte. Jennifer hatte ihn an die Hand genommen und zog ihn vom Sitz: „Auf, Mr. Dawson", sagte sie. „Joey will mit ihnen reden."

Er folgte ihr aus dem Englisch-Raum, in dem McDee zurückblieb, welcher den beiden hinterherblickte. „Es hat lange gebraucht", dachte er.

Jennifer schleppte Morton in das Büro der Schülermitverwaltung, wo sie die Tür hinter sich zuzog und abschloß. Sie und Morton waren nun ganz allein, was bis dato nichts Ungewöhnliches war. Sie machte einen Schritt auf ihn zu, er machte einen Schritt auf sie zu. Beide standen sie sich nun gegenüber. Selbst das hatte es wiederholt gegeben. Und wahrscheinlich war es genau das, was den beiden den letzten Schritt so verdammt schwer machte. Es war nicht die Spannung zwischen ihnen, die nie zuvor zu spüren gewesen war. Obwohl beide genau wußten, warum sie hier standen, und obwohl beide wußten, was unausweichlich geschehen würde, verharrten sie.

Eigentlich war es ganz einfach. Aber dafür umso schwerer, denn beide waren sich so vertraut. Ein jeder wartete auf den anderen. Ein jeder schrie nach der Berührung durch den anderen. Nichts geschah.

Bis es plötzlich an der Tür klopfte. Morton löste seinen Blick aus Jennifers und wollte geschäftig wie ein Schülersprecher zur Tür. Die Pflicht!

Er fand sich in Jennifers Armen wieder: „Nicht jetzt." Sie küßte ihn auf den Mund. Er öffnete seinen automatisch, ihre Zunge drang ein. Seine Beine gaben nach. So zart war sie, so zärtlich, er hielt es kaum aus. Er versuchte was zu sagen. Ihre Lippen lösten sich.

„Ich... ich muß mich set-sen."

„Okay."

Er ließ sich in einen Stuhl plumpsen, sie lehnte sich an den Tisch vor ihm.

„Ich wußte, daß es so kommen würde. Trotzdem war ich nicht vorbereitet auf ... das."

„Hat es sich nicht gut angefühlt, Mort?"

„Es war ... wunderbar. Ich hätte in den letzten Jahren nicht so sehr die Schule im Kopf haben sollen. Was haben wir nicht alles an Zeit verloren!"

„Du hattest nicht nur die Schule im Kopf, Mort. Und glaub nicht, daß wir Zeit verloren haben. Die Zeit hat uns genau zu diesem Moment geführt. Und waren wir in den vergangenen Jahren auch kein Paar, so waren wir doch zusammen."

„Das ist wahr."

„Siehst du?!"

„Jetzt aber wieder an die Arbeit", sagte Morton und deutete zur Tür, an die nicht mehr nur geklopft, sondern heftig gerüttelt wurde.

Jennifer seufzte: „Ausnahmsweise." Sie ging zur Tür und öffnete sie. Draußen stand Steve Morrison Friggs, Mortons Stellvertreter. Er sah Jennifer, er sah Morton und – ein breites Grinsen zeichnete sich über die ganze Breite seines Gesichts ab: „An den Gerüchten ist also was dran."

„Was gibt's, Mr. Wonder?"

„Der neue Sponsor. Sheen hat mich darauf angesprochen. Wie sollen wir vorgehen?"

Die Neuigkeit verbreitete sich so schnell, wie sich solche Neuigkeiten an Schulen nun einmal verbreiten. Und zur zweiten großen Pause hatte sie auch schon Mr Sheen gehört, der diesmal besonders wohlwollend auf seine Schülervertreter Morton Ferris und Jennifer Daniels schaute, die nicht nur ernsthaft bei der Sache waren, sondern auch voller Leben. Wie sollte er sich Sorgen um die Zukunft machen, wenn die junge Generation Persönlichkeiten wie die beiden und den um ein Jahr jüngeren Steve hervorbrachte?

Mochten die beiden auch auf Wolke 7 schweben, so beeinträchtigte es dennoch nicht ihren Sachverstand und hatte keinerlei Einfluß auf ihr Verhandlungsgeschick.

Im Vorfeld des Gesprächs mit dem neuen Sponsor hatte Mr Sheen schon das Meiste abgemacht. Er war davon überzeugt, daß es das Höchste der Gefühle war. Morton, Jennifer und Steve belehrten ihn eines Besseren. Mit einer geradezu heiteren Verschlagenheit holten sie das Doppelte heraus. Dabei hatte niemand das Gefühl, sie würden den anderen über den Tisch ziehen. Es ergab sich einfach. Sie hatten gewisse

Vorstellungen, bohrten kurz in diese Richtung und dann gab ein Wort das andere – und: fertig war ein Vertrag, bei dem alle Vorteile auf Seiten der Schule waren, ohne daß die andere Seite deswegen Nachteile hätte.

Morton, Jennifer und Steve bemühten sich, alles innerhalb der Pause über die Bühne zu bringen. Es gelang ihnen nicht ganz. Fünf Minuten überzogen sie, so daß Jennifer und Morton mit Verspätung in den letzten Unterricht für heute kamen. Steve hatte ein solches Problem nicht. Sein Problem war vielleicht, daß er fünf Minuten später in seinen Feierabend kam.

Mathe war das letzte Fach für diesen Schultag. Morton fragte sich immer wieder, wer auf die Idee gekommen war, mit Mathe den Tag zu beschließen. Es war irgendwie alogisch.

Heute störte es ihn nicht. Es war sein Tag. Alles war hervorragend gelaufen, und sicher würde Mrs. Shiver sie mit einem lockeren Spruch begrüßen.

Als Jennifer und Morton den Raum ihres Mathe-Kurses betraten, sahen sie neben Mrs. Shiver einen ihnen unbekannten Mann, der gerade dabei war, der Klasse etwas zu erklären.

„Entschuldigen Sie die Verspätung. Wir waren noch bei Mr. Sheen."

Der Mann brach seine Ausführungen ab.

„Ist schon gut, Kinder. Setzt euch. – Das ist Mr. Kinley von der Bundesbehörde für Raumfahrt. Er ist hier, um einen Test durchzuführen", sagte Mrs Shiver.

„So ist es. Ihr seid Jennifer Daniels und Morton Ferris?" Die beiden nickten.

„Ausgezeichnet. Dann setzt euch auf eure Plätze. Da liegt der Testbogen und wartet schon auf euch."

Jennifer und Morton erwiderten nichts. Dieser Mann mit seinem Aussehen, seinem Gebaren und seiner befehlenden Stimme schüchterte sie ein. Sie setzten sich. Mr Kinley fuhr in seinen Erklärungen fort. Je länger er aber den Schülern erklärte, was der Test von ihnen abverlangte, umso mehr kam Morton zur Besinnung.

Ein Test? Unangekündigt? Und dann eine so schwierige und spekulative Aufgabenstellung? Nein, das war nicht koscher. Er meldete sich.

„Ja, bitte? Mr. Ferris?"

„Woher nehmen Sie sich das Recht, diesen Test unangekündigt durchzuführen?"

„Ein Erlaß der Regierung gibt mir dazu das Recht, junger Mann. Ziel des Tests ist es, junge Talente aufzuspüren, die bisher von allen übersehen worden sind, um sie zu fördern. Daß Sie zuvor nicht über mein Erscheinen informiert worden sind, ist ein Bestandteil des Tests."

„Sie wollen herausfinden, wie der Kandidat in einer unerwarteten Situation reagiert?"

„Helles Köpfchen. Und nun seien Sie still."

Irgendetwas paßte Morton gar nicht an der Stimme des Mannes. Es forderte ihn geradezu heraus. Er sprang auf: „Weiß Mr. Sheen von Ihnen?"

„Natürlich, Mr. Ferris."

„Er wußte...?"

„Natürlich, junger Mann. Und er mußte mir versprechen, darüber stillschweigen zu bewahren."

„Er wußte...!"

„Genau. Und jetzt..."

„Nein", unterbrach Morton Mr. Kinley. „Das ist nicht recht." Morton sprang erneut auf.

„Setzen Sie sich. Wie ich schon sagte, alles ist rechtens."

„Nein."

Jennifer legte Morton eine Hand auf den Arm, um ihn zu beruhigen. Er schüttelte sie ab. Sein Gefühl sagte ihm, daß hier etwas falsch lief. Gewaltig falsch.

„Ferris, setzen Sie sich! Ich führe hier ein Programm der Bundesregierung zur Ermittlung von Talenten im Bereich Physik-Mathematik-Informatik durch. In den letzten Jahren fehlen uns genau hier die Nachwuchskräfte. Angesichts der Weltlage können wir uns Lücken in diesen Bereichen nicht erlauben."

Mit jedem Wort, das Mr. Kinley ausstieß, nahm seine Stimme an Lautstärke zu und wurde immer bedrohlicher. Mit jedem Schritt, den Morton auf Mr. Kinley zumachte, wurde Morton wütender. Wo waren wir denn? Was bildete sich der Typ sich nur ein?

„Keine unerlaubten Tests. Ich nehme an keinem unerlaubten Test teil."

„Wollen Sie sich etwa der Bundesregierung entziehen? Wollen Sie die nationale Sicherheit gefährden?"

„So sieht die Gefährdung der nationalen Sicherheit aus? Werden Sie vernünftig, Mann! Keine Tests!"

„Sie weigern sich?"

„Jawohl, Sir. Ich weigere mich. Ich will sowieso kein Mathematikheini oder Physikgenie werden. Eher sterbe ich." Morton war genau vor Kinley stehengeblieben und hatte sich vor ihm aufgebaut. Irgendetwas an dessen Gesicht störte ihn echt: „Ich mache keine illegale Regierungsscheiße. Eher sterbe ich", schrie Morton.

„Das kannst du haben, kleiner Scheißer", brüllte Kinley und zog eine Kanone und hielt sie direkt vor Mortons linkes Auge. Ein Aufschrei ging durch die Klasse.

Für einen kurzen Moment verschmolz das Gesicht Kinleys für Morton mit der Mündung der Waffe. Für einen kurzen Augenblick.

Er öffnete die Augen. Etwas war nicht richtig. Darum verschloß er die Augen wieder, um sie erneut zu öffnen. Da hatte er es raus: Er konnte nur das rechte Auge öffnen und schließen.

Er nahm in Augenschein, wo er lag. Das strengte ihn ungemein an. Er war augenblicklich erschöpft.

Es war so eine Art Krankenzimmer. Wie zur Bestätigung erschien auch schon eine Krankenschwester. Irrte er sich, oder war sie wirklich so aufgeregt? Was hatte sie nur? Sagte sie etwas? Er konnte sich nicht darauf konzentrieren, es war zu anstrengend. Er verstand einzig einen Namen, mit dem sie ihn anzureden schien. War er das?

Ein übermächtiges Verlangen, sich auszuruhen, überrollte ihn. Er schloß die Augen und war auf der Stelle eingeschlafen.

„Jenny! Jenny! Wachen Sie auf. Schnell. Morton ist erwacht."

„Hmmgmmh." Wie aus weiter Ferne drangen die Worte der Krankenschwester in Jennifers Bewußtsein. Hatte sie sich nicht gerade erst nach einer langen Wachschicht an Mortons Bett in den Aufenthaltsraum begeben, um ein wenig auszuruhen?

„Kommen Sie, Jenny. Morton ist aus dem Koma raus!"

Sie war wach. Und konnte es kaum fassen: „Was? WAS sagen Sie?"

„Es ist wahr. Alle Geräte zeigen es an. Ich habe selbst gesehen, wie er für einen Moment sein Auge öffnete."

„Nein!"

Die Krankenschwester zerrte Jennifer auf die Beine: „Kommen Sie! Das Warten hat endlich ein Ende."

Ganz automatisch folgte Jennifer der Schwester. In ihr bereitete sich eine Glücksbombe auf die Explosion vor. Sie konnte es kaum glauben.

Vor Mortons Zimmer blieb die Schwester stehen: „Vielleicht sollten wir..." – Jennifer preschte unaufhaltsam vor, riß die Tür auf und war gleich an seinem Bett. Hier erst stoppte sie.

Der erste Blick galt den Apparaten. Tatsache, sie zeigten gegenüber der Nacht eine Veränderung an. Der zweite Blick galt Morton. Es war nicht zu leugnen: Sein Gesicht hatte mehr Farbe als gestern.

Ihre Beine gaben nach. Die Schwester eilte herbei. Mit tränendurchsetzter Stimme wehrte sie deren Hilfe ab: „Nicht." Mühselig rappelte sie sich hoch, kniete sich neben dem schlafenden Morton und weinte. Unbewußt suchten ihre Hände seine rechte Hand und hielten sie fest. Seine Hand erwiderte den Druck! Das hatte sie die ganze Zeit über kein einziges Mal getan!

Es mußten mehrere Stunden vergangen sein, in denen sie unablässig vor Glück weinte und gleichzeitig aus Angst versuchte, das Glücksgefühl nicht übermächtig werden zu lassen. Sie mußte mehrere Stunden in der knienden Position an Mortons Seite verbracht haben, denn es war draußen schon wieder dunkel, als plötzlich das Lid von Mortons rechtem Auge zu flattern begann.

Und mit einem Augenaufschlag war es da, sein Blick! Nach so langer Zeit konnte sie wieder in seine Augen schauen.

Ein Geräusch war es gewesen, das ihn in seinem Schlaf gestört hatte. Zunächst hatte er sich erfolgreich dagegen abschotten können. Mit der Zeit war es aber immer aufdringlicher geworden. Am Ende war es so nervig, daß er herausfinden mußte, was es war. So öffnete er die Augen.

Es war eine weinende Frau. Aber was heißt Frau? Ein junges Ding war es, was da greinte und seine Hand hielt. Jetzt verstummte sie und blickte ihn so überglücklich-dämlich an.

Hatte er sie schon einmal gesehen? Er erinnerte sich nicht. Er konnte sich aber auch nicht daran erinnern, was er in einem Krankenhaus verloren hatte. Wie es aussah, war es wohl sein linkes Auge. Aber wieso? Würde das junge Ding es wissen?

„Was mache ich hier?" fragte er mit einer Stimme, die nicht seine sein konnte. Sie hatte nichts Menschliches.

Das junge Ding antwortete zunächst gar nicht, sondern brach erneut in eine Flut von Tränen aus und begann ihn zu umarmen. Schließlich kriegte sie doch noch etwas raus. Es waren aber nichts anderes als Seufzer der Erleichterung und des Glücks: „Oh, Mort! ... ... Mein lieber Mort!" und vergleichbares.

Er horchte auf. War sein Name Mort und nicht Ferris? Oder war Mort der Vorname? Oder hielt sie ihn für jemand anderen?

„Wer ist Mort?" fragte er.

Das junge Ding hielt abrupt in ihren Umarmungen inne. Sie schaute ihn an. Verwirrt, wie es ihm schien.

„Du bist Mort. Morton Ferris."

„Sind Sie sich da sicher?"

„Selbstverständlich."

Er konnte ganz genau den Gefühlswechsel in ihrem Gesicht ausmachen. Ihr Gesicht war zwar verheult, hatte aber vor Glück nur so gestrotzt. Nun schlich sich Angst hinein und hatte im Schlepptau etwas viel Gefährlicheres: Entsetzen. Er durfte jetzt nichts falsch machen.

„Okay. Lassen wir das erst einmal so stehen. Ich bin Morton Ferris."

„Das bist du. Du bist der einzigartige und wunderbare Morton."

„Akzeptiert. Doch wer sind Sie?"

Das junge Ding schrie kurz auf und sackte dann in sich zusammen.

„Du bist die ganzen Jahre an meiner Seite gewesen?" fragte er Jennifer.

„Ja", antwortete sie.

Sie schob ihn in einem Rollstuhl durch die Gartenanlage des Krankenhauses. Vor vier Tagen war er aus dem Koma erwacht und hatte zu ihr das erste Mal seit zwei Jahren gesprochen. Seitdem hatte sie sich nicht wieder blicken lassen. Dafür hatte er die Menschen kennengelernt, die seine Eltern sein sollten. Sein ehemaliger Schuldirektor hatte sich ebenfalls blicken lassen. Zumindest behauptete der Mann, sein Schuldirektor gewesen zu sein. Er erklärte zudem, daß er sich nun endlich für das entschuldigen könne, was vor zwei Jahren geschehen war. Um was es sich handelte, hatte er von seinen vermeintlichen Eltern erfahren. Verstanden hatte er kaum etwas. Es war unfaßbar für ihn. Fremd – so wie diese Menschen: seine Eltern, der Schuldirektor, ein Steve Morrison Friggs, der ihn ebenfalls besucht hatte, und diese Jennifer Daniels.

Er hätte nie gedacht, sie noch einmal wiederzusehen, nachdem sie tief verletzt und eisig schweigend sein Zimmer verlassen hatte, kaum war sie wieder zu Bewußtsein gekommen.

Doch dann hatte es zaghaft an der Tür geklopft, und sie war wieder da. Von Gram zerfressen, wie es ihm schien. Sie hatte den Rollstuhl dabei.

„Lust auf eine Spazierfahrt?"

„Warum nicht?"

Mit Hilfe der Krankenschwester bekam sie ihn in den Rollstuhl. Dabei bemerkte er, daß sie einen Kopf größer war als er. War das nicht ungewöhnlich?

Nun schob sie ihn vor sich her, so daß er ihren Schmerz nur sehen konnte, wenn er sich umwandte, was er jedoch nicht tat, weil es immer noch zu anstrengend war. Es war aber auch nicht nötig. Der Klang ihrer Stimme spiegelte überdeutlich ihre Gefühle wider.

„Warum hast du das gemacht?"

„Wir sind zusammen aufgewachsen. Wir sind zusammen zur Schule gegangen. Wir waren ein Lebenlang Freunde."

„Waren wir ein Paar?"

Darauf erwiderte sie nichts.

„Was machst du jetzt? Die Schule ist für dich vorbei."

„Zweites Jahr College hier in Boston."

„Und da hast du die Zeit gefunden?"

„Kannst du dich denn an gar nichts erinnern?"

„Meine Erinnerungen sind die Krankenschwester und du. Sonst ... nichts. Absolut nichts. Alles ist fremd."

„Das war eine von meinen Ängsten."

„Wie meinst du das?"

„Die Ärzte haben verschiedene Szenarien entworfen. Das schlimmste Szenario ist zum Glück nicht eingetreten. Dafür bin ich unendlich dankbar. Und mit dem, was eingetreten ist, muß ich lernen, zu leben."

„Die Ärzte haben mir wohl keine Chance gegeben, was? Eine zerfetzte linke Großhirnhälfte."

„Es ist ein Wunder. Während du im Koma lagst, hat eine völlig neue neuronale Vernetzung stattgefunden. Es ist Wahnsinn."

„Eine Vernetzung, die einen hohen Preis hat, nicht wahr?"

„Ja."

„Es tut mir leid."

„Das braucht es nicht. Wer hätte denn gedacht, daß dieser Kinley dich beim Wort nimmt?"

„Ja, wer hätte gedacht, daß er auf einen Schüler namens Morton Ferris schießt?"

„Du bist Morton."

Er schwieg. Er wollte sie nicht verletzen.

„Wie ist das College?"

„Interessant. Wie wir es uns vorgenommen hatten, liegt mein Schwerpunkt im Bereich Politikwissenschaften."

„Wir!" Er versuchte den Geschmack des Wortes zu ergründen. Sie sog krampfhaft Luft ein. Keiner sagte mehr ein Wort, und sie karrte ihn zurück auf sein Zimmer.

Nicht nur sein Gehirn schien ein Wunderding zu sein, sondern sein ganzer Körper. Nachdem er aus dem Koma erwacht war, war er innerhalb weniger Wochen körperlich in beinahe bester Verfassung. Er konnte nach Hause, bzw. dorthin, was Zuhause genannt wurde.

Er erkannte nichts wieder. Alles war fremd für ihn. Und es war schon komisch für ihn, in ‚seinen' Sachen zu wühlen, um hinter seine Vergangenheit zu kommen. Es mußte seine Vergangenheit sein. Davon zeugten die Photos im Flur, auf denen er zu sehen war. Es ließ sich nicht bestreiten: Auf diesen Bildern war jemand mit seinem Körper. Sein Körper hatte hier gelebt. Und sein Geist. Aber er selbst?

Er war es einfach nicht und würde es auch nie sein. Wie konnte er das den Menschen deutlich machen, die sich als seine Eltern verstanden? Er sah doch, wie sie ihn liebten – ja, das taten sie wirklich – und sich Sorgen um ihn machten. Er konnte ihnen nicht einfach vor den Kopf schlagen, wie er es am ersten Morgen nach seiner ‚Heimkehr' getan hatte.

„Was ist das?" hatte er gefragt und auf den Teller hinabgeschaut.

„Deine Lieblingsspeise", antwortete die Mutter verunsichert.

„Zum Frühstück?"

„Du hast es immer gemocht. Du hast es geliebt, damit deinen Tag zu beginnen", antwortete sie.

„Ich kann mich nicht daran erinnern. Und das Zeugs hier ist mir zu schwer."

Die Mutter erwiderte nichts mehr, aber ihr Verhalten verriet ihre Stimmungslage mehr als genug. Es war ihm eine Lehre. Also setzte er sich ein paar Tage später mit der Mutter zusammen, um mit ihr über das Essen zu sprechen.

Das Zimmer war ein anderes Problem. Ein viel größeres. Nachdem er zwei Wochen lang sein Zimmer auf den Kopf gestellt hatte, um irgendetwas zu finden, woran er anknüpfen konnte, worauf er sein neues Leben würde begründen können, gab er auf. Er hielt es kaum in ihm aus. Zunächst überlegte er, alles so zu belassen und sich nicht mehr darum zu kümmern. Der Faktor Zeit würde schon dafür sorgen, daß nach und nach eine Veränderung eintrat. Doch am liebsten hätte er die ganze Einrichtung auf den Müll geworfen.

Da erschien eines Abends diese Jennifer. Es war das erste Mal, daß sie ihn ‚zuhause' besuchen kam. Sie hatte in den vergangenen Wochen zwar ein paar Mal angerufen, sich aber nie blicken lassen. Nun war sie da, und er mußte sich eingestehen, daß es gut so war.

„Hallo, Mort! Was liegst du da faul auf dem Bett?" begrüßte sie ihn.

Er blickte auf. Er hatte sie gar nicht ins Zimmer kommen hören.

„Ich denke nach." Er stand auf: „Gehen wir auf die Veranda?"

Sie nickte, und so saßen sie kurz darauf in zwei Sesseln auf der breiten Veranda, die an der Rückseite des Hauses lag und an dem Garten angrenzte, von dem man jetzt am späten Abend kaum etwas sehen konnte, denn dafür reichte die Beleuchtung der Veranda nicht aus.

„Worüber mußt du nachdenken?" fragte sie, wobei sie in die Dunkelheit starrte.

„Über die Zukunft."

„Nicht über die Vergangenheit?"

„Das habe ich aufgegeben."

Es brauchte einige Zeit, bevor sie etwas erwiderte: „Über die Zukunft!"

„Ja. Mr. Sheen hat mir bei seiner letzten Visite gesagt, ich könne ohne Probleme den Highschool-Abschluß erhalten. Es waren ja nur noch zwei Monate bis zum Abschluß, als es passierte.

„Ich weiß." Jennifer schluckte schwer.

„Wenn er ihn mir anbietet, warum soll ich ihn nicht nehmen? Irgendetwas muß ich machen. Warum nicht aufs College gehen?"

„Das traust du dir zu?"

Er tippte sich bewußt an die Seite seines Schädels, die unter einem Wust aus Narben aus Titan bestand: „Wer weiß, wozu dieses Wunderding noch in der Lage ist? Ich will es ausprobieren!"

„An welches College willst du? Hier nach Boston?"

„Boston ist mir auch von Mr. Sheen vorgeschlagen worden. Er hat Verbindungen. Es dürfte kein Problem sein."

Jennifer konnte ihre plötzliche Aufgeregtheit nicht unterdrücken. „Ja, Boston. Boston ist gut. Ich kann dir helfen. Und du brauchst nicht umzuziehen. Das vereinfacht vieles."

Er schüttelte nur stumm den Kopf.

„Du willst nicht, daß ich dir helfe?" fragte sie erschreckt.

Er verwies mit einer Armbewegung auf Garten und Haus und sagte leise: „Ich muß hier raus."

„Oh."

Für Minuten war die Veranda in Schweigen gehüllt. Beide starrten sie in die Nacht hinaus. Schließlich nahm Jennifer das Gespräch wieder auf: „Wenn du dich entscheidest, in Boston aufs College zu gehen, kannst du bei mir wohnen. Ich habe eine kleine Bude. Ich lebe nicht in einem der Wohnheime."

Ihre Stimme zitterte, als sie sprach. Er wandte sich ihr zu. Er musterte sie durchdringend mit seinem rechten Auge. Waren sie ein Paar gewesen, fragte er sich.

„Ist die gemeinsame Bude euer Plan gewesen? So wie das gemeinsame Studium?"

Langsam löste sie ihren in die Finsternis gerichteten Blick und suchte sein rechtes Auge. Nun musterten sie sich gegenseitig.

„Hattet ihr vor, zusammenzuziehen?"

Sie schüttelte den Kopf. „Nein", sagte sie traurig.

Also kein Paar, entschied er und schaute ihr zu, wie sie darum rang, nicht loszuschluchzen. Wieder verging Zeit, in der niemand etwas sagte, bis ihm etwas einfiel, das er unbedingt wissen wollte.

„Warst du schon immer so groß?"

„Nein. Ich habe in den letzten zwei Jahren noch einen Sprung gemacht. Keiner konnte es erklären."

„Ein Wunder."

„Vielleicht." Jennifer rang sich ein Lächeln ab.

‚Bude' war gut. Diese Bezeichnung traf Jennifers Unterkunft zwar besser als die Umschreibung ‚luxuriöse Villa' – aber trotzdem. Ihre ‚Bude' war ein 3-Zimmer-Appartement mit Küche und Bad. Und aus einem dieser Zimmer wurde seins. Darin stellte man ein Single-Bett, einen schlichten Schreibtisch mit schlichtem Stuhl und Laptop versehen, einen leeren Bücherschrank und einen vollen Kleiderschrank. Alles war neu. Er nahm nichts aus seinem alten Zimmer mit. Nicht einmal ein paar Bilder oder Poster, um damit die kahlen Wände zu schmücken. Er beließ seine Vergangenheit im Haus seiner ‚Eltern'. Sollten sie doch ein Museum daraus machen.

Jennifer half ihm beim Einzug, wie sie ihm auch beim Aussuchen der Zimmereinrichtung geholfen hatte. Ihr war zwar das Zimmer ein wenig zu sachlich, kühl und kahl, doch akzeptierte sie es so, wie er es wollte. Seine Eltern hatten damit weit größere Schwierigkeiten. Es nützte auch wenig, daß seine Ärzte im Umzug eine Chance sahen.

Wie Mr. Sheen versprochen hatte, gestaltete sich der Highschool-Abschluß und die Aufnahme an ein Bostoner College reibungslos. Hier zeigte sich, wie lebendig seine unwirklich gewordene Vergangenheit noch war: die damals erbrachten Leistungen sprachen für sich. Und für das von ihm ausgewählte College sprach, daß Jennifer und Steve an ihm waren und er damit nicht allein. Eins war jedoch unklar: Welche Richtung sollte er einschlagen?

Hiernach befragte ihn auch Jennifer am Abend des Umzugs, als beide erschöpft in der Küche saßen. Es gab keine große Einzugsparty. Die hatte er sich verboten.

„Ich weiß nicht, was ich studieren will", antwortete er auf Jennifers Frage.

„Wie ist es mit Politik oder Geschichte?"

Er seufzte. War es nicht klar, daß sie genau dies vorschlagen würde? Sollte er ihr nicht klipp und klar sagen, was er darüber dachte?

„Ich weiß nicht, ob es mich interessiert."

„Früher warst du Feuer und Flamme dafür. Es verging kein Tag...", sie brach ab. Dabei hatte er nichts gesagt oder getan. Sie nahm einen Schluck aus ihrer Bierflasche.

„Nächste Woche kommt Noam Chomsky zu einem Gastvortrag. Laß uns beide hingehen. Früher hast du von ihm jedes gedruckte Wort gelesen."

„Ich habe die Bücher in den Regalen gesehen. Er hatte alle Bücher, nicht wahr?"

„Du hast alle Bücher von ihm", sagte sie mit besonderer Betonung auf dem ‚Du'. Er schloß sein verbliebendes Auge und lehnte sich im Küchenstuhl zurück.

„Okay, laß uns hingehen. Vielleicht begeistert er mich", sagte er letzten Endes und prostete ihr mit seiner Wasserflasche zu.

Der Raum war überfüllt. Es war aber auch einer der kleineren Säle. Die College-Verwaltung redete sich damit heraus, daß zu diesem Termin kein anderer Saal mehr als dieser frei wäre. Man konnte das entweder glauben oder auch nicht. Jennifer glaubte es nicht. Ihm war es egal. Noam Chomsky erkannte er sofort anhand der Photos auf den Büchern, die vor dem Saal angeboten wurden. Außerdem prangte ein großes Konterfei von Noam Chomsky auf der Vorankündigung, die er in Händen hielt. Jennifer neben ihm war sichtlich aufgeregt, er neugierig.

Er begriff während des Vortrages, warum sich Morton Ferris damals für diesen Mann interessiert haben musste. Noam Chomsky war sympathisch, intelligent und hatte in allem, was er sagte, zweifellos recht. Es ließ sich nicht bestreiten. Der Vortrag wurde ein voller Erfolg. Auch er klatschte, brach aber nicht wie die anderen in standing ovations aus.

„Es hat dir nicht gefallen", sagte Jennifer nach der Veranstaltung zu ihm.

„Er hat gut gesprochen und gesagt, was gesagt werden musste", sagte Steve, der sich ebenfalls den Vortrag angehört hatte und nun mit den beiden war.

„Das stimmt. Aber ich fand's langweilig. Was ist am Offensichtlichen so interessant. Zwei Sätze und alles ist klar. Er hat dafür zwei Stunden gebraucht."

„Wichtig war, daß er es gesagt hat. Er hat gesagt, was sich heute keiner mehr zu sagen traut", hielt Steve dagegen.

„Ich verstehe. Aber wozu sagt er es, wenn alle, die dort saßen, es ohnehin schon wissen?" fragte er.

„Er hat uns in unseren Ansichten bestärkt, wie wir ihn in seinem Tun bestärken", sagte Jennifer.

„Dann ging es gerade eben um nicht mehr als Identitätsstiftung? Das ist mir zu wenig", entgegnete er.

Jennifer und Steve schwiegen.

„Ist das nicht sinnlos? Chomsky hat recht mit dem, was er anprangert. Trotzdem wird es nichts ändern. Vielmehr wird es den Diskurs weiter füttern. Der Zweck des Diskurses ist nicht, ein Problem zu lösen, sondern sich selbst zu erhalten. Würde es gelöst, wäre der Diskurs nicht mehr notwendig. Deshalb kreist der Diskurs beständig um sich selbst und damit um eine leere Mitte. Tut mir leid, das ist mir zu langweilig. Es fordert mich nicht."

„Politik ist nicht einfach", sagte Steve erbost.

„Die Spielregeln sind einfach. Hast du die auf der Pfanne, geht der Rest von selbst. Du brauchst nicht mehr zu denken. Du brauchst keine Verantwortung zu tragen. Dafür sorgt der Diskurs. Er hebt alles auf."

„Was fordert dich dann?" fragte Jennifer.

„Ich weiß es nicht", antwortete er und blickte um sich: „Wo sind wir hier?"

„Im Trakt der Naturwissenschaften. Woanders haben sie uns den Vortrag ja nicht erlaubt."

„So!"

Schweigend gingen sie weiter, bis er plötzlich vor einer Tafel stehenblieb, auf der eine Hausaufgabe für Mathematik-Studenten geschrieben stand.

„Wartet bitte einen Moment", sagte er zu den beiden anderen, die erst auf sein Wort innehielten. Jennifer trat zu ihm und sah sich an, was er da so konzentriert anstarrte.

„Mathe?"

Er regierte nicht auf ihren spitzen Ton. Er regierte gar nicht, denn die Aufgabe hatte ihn gefangen. Eine unwiderstehliche Faszination ging von ihr aus. Und einen Schrei sandte sie aus nach Erlösung, der schmerzhaft in ihm widerhallte. Er mußte was tun. Er mußte sie lösen. Er fragte sich, ob er es könne.

„Mort! Du hast Mathe nie gemocht. Vergiß nicht, daß Kinley..." – „Ssssssssss!" unterbrach er Jennifer. Aug in Aug stand er nun mit der Herausforderung. Vom Gefühl her, das ihn durchpulste, mußte er die Aufgabe lösen können. Wenn er doch nur ein Stück Kreide hätte. Aber da war auch schon eins in dem kleinen Kästchen neben der Tafel! Er nahm es heraus und schloß sein Auge.

Er fühlte dieses Stück Kreide. Er fühlte, wie seine Macht ihn durchströmte. Er fühlte, wie diese Macht und die Formeln und Zahlen von der Tafel in ihm einander berührten, sich umfaßten und zu tanzen begannen. Immer und immer schneller fegten sie über das Tanzparkett seiner rechten Hirnhälfte und verschmolzen zu Wesen; neue Gedanken, die unablässig neue Gedanken aus seinen Gehirnwindungen schlugen. Gedanken, die, wie er wußte, nie zuvor gedacht worden waren. Immer mehr Paare drängten sich aufs Parkett, bis es kein Platz mehr bot. Doch die Gedanken wollten tanzen. Sie drängten und drängten, verlangten nach Raum, nach Ausdruck und flossen in einem wilden Strom durch seinen Körper bis in seine Fingerspitzen, die die Kreide hielten und von dort eilten sie über die Kreide auf die Tafel. Selber tanzend führte er die Kreide über die Tafel, tanzte und schrieb die Lösung der Aufgabe auf das Dunkelgrün der Tafel. Unablässig wurde er gedrängt, bis er überstürzend innehielt: nichts tanzte mehr in ihm, nichts mehr floß. Die Lösung stand da vor ihm. Ihm wurde bewußt, wie sehr ihn die Kreide anwiderte. Angeekelt warf er sie weg.

„Mort!"

Es war Jennifer. Sie hatte er ganz vergessen.

„Du bist ganz blaß. Du zitterst."

Es war wahr. Seine Hände waren kreidebleich und zitterten unkontrolliert. Schweiß tropfte von der Stirn. Das Zittern pflanzte sich durch den ganzen Körper fort. Jennifer fing ihn auf, als er taumelte.

„Jetzt wissen wir, was ihn fordert", sagte Steve und half Jennifer, den Erschöpften zu einer Bank im Gang zu bringen, wo er sich ausruhen konnte.

Es gefiel Jennifer zwar nicht, aber das Chomsky-Erlebnis, wie er es nannte, hatte es ans Licht gebracht: er war der Mathematik verfallen.

So saß er alsbald in den Kursen für Mathematiker und lebte sich ein in das Universum der Zahlen, Formeln und Diagramme. Und schon bald hatte er seinen Lieblingsdozenten: Mr. Vein, der wie Morton ein Frischling am College war. Zwei Wochen, nachdem sich Morton für Mathematik entschieden hatte, tauchte Mr. Vein als Vertretung für einen plötzlich erkrankten Kollegen auf. Er übernahm den Kurs des Kollgen, in dem auch Morton saß.

Für die anderen Studenten war es wie Tennis, wenn sich Mr. Vein und Morton, Formeln und Argumente zuwarfen. Morton wurde hier richtig gefordert und fühlte sich heimisch. Dieses Gefühl verstärkte sich eines Tages, als beim Ballwechsel mit Vein sein Blick rein zufällig auf ein Mädchen ein paar Reihen unter ihm fiel.

Sie starrte ihn hochkonzentriert und durchdringend und – wie es ihm schien – ein wenig ehrfürchtig an. Bisher war sie ihm im Kurs nicht aufgefallen, was aber nichts zu sagen hatte, denn bisher hatte er seine Sinne allein auf Vein gerichtet. Ab diesem Tag änderte es sich. Er spaltete seine Aufmerksamkeit zwischen Vein und dem Mädchen auf. Ging es ihm bei Vein darum, die beste Lösung für ein Problem zu finden und in nichts nachzulassen, bis dies erreicht war, so war sie der Ort, an dem sein Blick ruhen konnte, wenn er Zeit zum Nachdenken brauchte. Und es war ein schlechter Tag für ihn, wenn sie nicht wenigstens einmal seinen Blick erwidert hatte. Am Ende lief er einen ganzen Tag wie 30 Tage Regenwetter durch die Gegend, nur weil sie nicht im Kurs gewesen war. Ohne es zu merken, wurde sie wichtig für ihn. Und weil er es nicht merkte, sprach er sie auch nicht an. Mehr als ein schüchternes ‚Hallo' kam auch von ihr nicht, als sich beide einmal in einem menschenleeren Flur begegneten.

Vielleicht lag es daran, daß sie ihn mit Jennifer gesehen hatte. Jennifer sah nun einmal aus wie ein Model. Das war für viele irritierend, da sie entgegen dem landläufigen Vorteil wirklich was auf dem Kasten hatte (wie ja viele Models eigentlich auch). Jennifer kleidete sich auch nicht wie ein Model, dabei hätte sie, wenn sie es darauf angelegt hätte, leicht und locker jedem Supermodel problemlos das Wasser abgegraben.

Das Mädchen aus dem Vein-Kurs wirkte gegen sie einfach: unscheinbar. Klein, zierlich, brünett und während des Kurses eine Brille tragend. Sie hatte jedoch etwas, was Morton anzog. Als ihm bewußt wurde, wie wichtig dieses blasse Ding ihm geworden war, grübelte er viel über sie nach und versuchte herauszubekommen, was es war. Waren es die schlanken Hände? Waren es die grünen Augen? War es ihre Aufmerksamkeit, wenn er Veins kleinlichen Lösungsansatz in der Luft zerfetzte? Was sie wohl über ihn dachte? Ihn, den Einäugigen? Er sprach weder mit Jennifer noch mit Steve über sie.

Wie gut sich Morton in das Studentenleben eingewöhnte, wurde für Jennifer deutlich, als er eines

Abends in ihr Zimmer stürmte, wo sie über Bücher gebeugt für den morgigen Tag büffelte.

„Los, Jen. Für heute reicht's mitm Lernen. It's Partytime."

Noch ganz perplex von seinem überfallartigen Einbruch in ihr Zimmer bekam sie nicht mehr heraus als ein ungläubiges ‚Party?'.

„Sag bloß, du weißt nicht, was das ist! Wer von uns beiden ist der alte College-Hase? Erzähl mir nicht, du warst noch auf keiner Party."

„Ich war wirklich noch auf keiner."

„Wie ist das möglich? Gerüchten zufolge soll doch jede Nacht eine steigen."

„In den letzten Jahren habe ich jede freie Minute an deinem Bett verbracht und darauf gewartet, daß du endlich wieder erwachst."

Das bremste Morton in seiner Begeisterung, aber nur für ein paar Sekunden. Dann eilte er zu ihr, legte seine Hände auf ihre Schultern und blickte ihr ernsthaft ins Gesicht: „Bitte vergib mir meine Schuld. Und um es gutzumachen, hoch mit dir, Jen. Du mußt wieder raus, anfangen, zu leben."

Sie erschauerte bei diesen Worten und fegte seine Hände beiseite: „Party! Party! Wo soll denn jetzt eine steigen, hä?"

„Bei einem Studienkollegen von mir. Er will, daß ich komme – in Begleitung, wie er sich ausdrückte."

„Darum geht's! Frischfleisch", sagte Jennifer. Sie seufzte. Warum sollte sie mal nicht auf eine Party? Den Stoff hatte sie sowieso inne. „Einverstanden, Mort."

So landete sie mit Morton auf einer Mathematiker-Party, wo sie bis auf Morton niemanden kannte. Und von Morton selbst sah sie auch nicht allzu viel, denn der machte sich – ohne ihr etwas zu sagen – auf die Suche nach dem unscheinbaren Mädchen. So vertrieb sich Jennifer die Zeit mit Bier und zufälligen, kleinwüchsigen Konversationspartnern, von denen die meisten ungeniert auf ihre Brüste starrten, als seien sie ein Wunder. Der Frauenanteil für eine Party war erstaunlich gering. Für eine Mathe-Party aber??

Morton erkannte schnell, daß sie nicht da war. Enttäuscht ließ er sich auf eine Couch im überfüllten Wohnzimmer plumpsen und starrte trübsinnig vor sich hin. Sollte er sich ein Bier holen?

Jemand setzte sich neben ihn. Er blickte nicht auf.

„Hallo." Äußerst schüchtern, nicht unbekannt.

Er war wie elektrisiert. Er wandte sich mit dem ganzen Körper zur linken Seite, um sie in Augenschein nehmen zu können.

„Hallo."

„Wie geht es Dir?"

„Gut. Und dir?"

„Ja, genauso."

Und damit war die Luft raus. Ende, Sense, Feierabend. Der Faden war gerissen, bevor er überhaupt gesponnen worden war. Verlegen schaute sie zu Boden. Morton mußte sich etwas einfallen lassen.

„Du bist bei Vein im Mathe-Kurs."

„Ja, genau."

Er entschied sich, sie zu fragen: „Du bist mir aufgefallen. Ständig schaust du mich an. Warum nur?"

Sie überlegte eine Weile, bevor sie antwortete: Mmmh. Es wird daran liegen, daß ich es faszinierend finde, wie jemand, der ein solches Dings hat," – hierbei deutete sie auf die Stelle, wo früher sein linkes Auge gewesen war – „so klug und voller Geistesblitze sein kann."

„Wie? Wie meinst du das?"

„Tragen solche Wunden nicht Typen von der Mafia? Du hast so eine typische Mafiavisage. Bist du nicht eher ein Gangster als ein Mathematikstudent?"

Morton schloß sein verbliebenes Auge. Das hatte sie gerade nicht wirklich gesagt. Ihr Gesichtsausdruck wies jedoch daraufhin, daß sie es so ernst meinte, wie es sich anhörte. Er wollte aufstehen: „Danke für das Gespräch."

Sie war bestürzt, sprang hoch und drückte ihn wieder auf die Couch: „Oh, nein! Es tut mir leid. Ich denke einfach nicht daran, daß die Wahrheit häufig wehtut."

„Jetzt ist es auch noch die Wahrheit!"

„Oh, gosh! Bitte verzeih. So mein ich das nicht. Es ist halt nur so, daß ich sage, was ich denke. Ich verstell mich nicht."

„Gut, das zu wissen." Morton wollte sich wieder erheben. Wieder drängte sie ihn auf die Couch zurück.

„Bitte laß mich ausreden. Ich habe dir nicht alles erzählt."

Abschätzend schaute Morton in ihr Gesicht. Vielleicht war doch nicht alle Hoffnung verloren?

„Das Ganze noch einmal von Beginn an: „Hallo, man nennt mich Morton Ferris. Ich denke, wir kennen uns aus dem Mathekurs bei Vein. Wie geht es dir?"

„Hallo. Ich bin Roberta Duke. Mir geht es ausgezeichnet. Es stimmt, ich habe dich bei Vein gesehen. Aber kennen? Leider nein."

„Oh, nein." Morton sprang auf. Ihre Hand schoß vor und zwang ihn auf die Couch zurück.

„Laß uns jetzt einander kennenlernen."

Infolge der zufälligen Konversationen mit tittenfixierten Mathe-Zwergen stellte sich Jennifer eine Frage, die ihr in ihrer ganzen Collegekarriere noch kein einziges Mal vorgekommen war: ‚Warum hatte ich nie das Bedürfnis nach einem One-night-stand?' Und in den Typen auf dieser Party hatte sie auch gleich eine Antwort darauf. Wenn die im Bett genauso einfallslos waren wie in ihrem Gequatsche – was hatte sie da denn verpaßt? Das Leben?? Dieser Gedanke brachte sie dazu, an Morton zu denken, der vor mehreren Stunden im Gewühl untergetaucht und nicht wieder hochgekommen war. Warum konnte er in diesem Augenblick nicht einfach neben ihr stehen, damit sie von hier verschwinden konnten?

Aber da war er doch und stand neben ihr. Aber nicht allein! Ein unscheinbares Mädchen war bei ihm. Sie hielten sich an der Hand!

„Jen! Jen! Kann ich dir Roberta vorstellen?"

Die graue Maus nickte Jennifer zu, die gleichfalls grüßend nickte.

„Jen, bitte sei mir nicht böse. Roberta und ich wollen noch ein wenig um die Häuser ziehen. Sie ist mit ihrem Wagen hier. Kommst du allein klar?"

Jennifer nickte nur geistesabwesend. Hatte er das gerade wirklich gesagt? Sie war sich nicht sicher.

„Danke, Jen." Er klopfte ihr brüderlich auf die Schulter. Jeder Schlag schmerzte sie.

Schon war er weg. Er mußte es wirklich gesagt haben!

Während der Autofahrt fragte Roberta: „Diese Jennifer ist nur eine Freundin? Ich habe euch so häufig zusammen gesehen, und immer dachte ich: Die sind zusammen."

„Wir sind zusammen: Wir wohnen in einem Appartement."

„Ihr schlaft aber nicht in einem Bett?"

„Wir schlafen nicht in einem Bett."

„Wie das? Wieso bist du bei mir?"

„Stell dich nicht in Frage."

„Ich frage dich."

„Es ist so."

Mehr oder weniger ziellos steuerte Roberta ihren Wagen durch die fast menschenleeren und dunklen Straßen Bostons. Morton zeigte sich von seiner besten Seite. Er war charmant und witzig und dennoch tiefgründig (irgendwie). Das gefiel ihr. Es gefiel ihr, daß er sich für sie abmühte. Das schmeichelte ihr und ließ sie aufblühen.

So mußte Morton kaum noch etwas machen, als sie den Wagen in einer Seitenstraße eines verschlafenen Bostoner Vororts parkte. Sie stellte den Motor ab und lag schon in seinen Armen. Sie war heiß. Sie glühte am ganzen Körper. Er konnte es durch den Stoff ihrer Hose und ihres Hemdes fühlen. Es überraschte ihn. Dieser Körper in seinen Armen, diese Wärme, dieses Leben. Sie wollte ihn, und er wollte sie. Sie berührte ihn auf eine ihn gänzlich unbekannte Weise, er berührte... Und dass er das konnte und dass er es durfte. Und ihre wunderbar weichen Lippen und ihr Mund. So fremd, so neu und so... Er versank in ihrem Kuß, tauchte in diese...

„Roberta", schrie Morton und war wach. Er erkannte augenblicklich, daß dies ein Krankenzimmer war, in dem er lag. Was zum Teufel machte er hier? Was war passiert?

Eine Hand streichelte sacht seine Wange: „Ruhig."

Morton schaute sie an. Es war Jennifer!

„Hab ich geträumt? Was ist passiert? Warum bin ich hier?"

„Du hattest einen Krampfanfall. Roberta wußte nicht, was sie tun sollte. Zum Glück fand sie dein Handy. Sie rief mich an. Ich sagte ihr, was sie machen soll. Als sie dich brachte, war ich schon hier."

„Wo ist sie?" fragte er.

„Zuhause. Sie war ziemlich erschrocken. Ich sagte ihr, sie solle sich ausruhen."

Er starrte sie nur an.

„Du hast auf der Party Alkohol getrunken, richtig?"

„Ja."

„Bitte tu das nie wieder."

„Nur weil mich die Ärzte davor gewarnt haben? Vielleicht hatte es diesmal gar nichts damit zu tun."

„Vielleicht. Aber wenn du es nicht den Ärzten zum Gefallen tun willst, tu es mir zuliebe."

„Warum?"

Darauf erwiderte Jennifer nichts. Stattdessen schnellte sie hoch und ging zur Tür, wo sie sich kurz umdrehte: „Schlaf, Mort. Du wirst es brauchen. Ich rufe jetzt deine Eltern an, um ihnen zu sagen, daß sie sich keine Sorgen zu machen brauchen."

Morton berappelte sich schnell und war bald wieder vollkommen einsatzbereit. Seine erste Amtshandlung bestand darin, den Mathe-Kurs von Vein aufzusuchen. Er mußte unbedingt mit Roberta sprechen. Doch die gab ihm nicht den Hauch einer Chance dazu. Suchte er ihren Blick, wich sie seinem aus. Setzte er sich neben sie, rückte sie zwei Reihen weiter. Wollte er sie nach dem Kurs ansprechen, war sie längst fort. Und trafen sie sich zufällig in einem der Gänge und Flure, zeigte sie ihm demonstrativ die kalte Schulter.

Ihr Verhalten verunsicherte Morton nicht einfach, sondern machte ihn aggressiv und wütend. Er wurde unausgeglichen und aufbrausend. Nahm er zuvor regen Anteil an dem, was Mr. Vein da vorne so trieb, so konnte er es jetzt kaum erwarten, daß endlich Feierabend war. Er verstand nichts mehr. Das einzige, was ihm wieder und wieder und wieder durch den Kopf ging, war die Frage: Was hat Roberta?

Irgendwann gelang es ihm dann doch, sie zur Rede zu stellen.

„Wie geht's?" fragte er.

„Ja, ja", entgegnete sie, wobei sie ihren Blick ziellos umherirren ließ.

„Was hast du? Was ist los?" fragte er.

„Nichts", erwiderte sie.

„Warum beachtest du mich dann nicht mehr?"

Ihr unsteter Blick blieb an dem haften, was sein linkes Auge gewesen war: „Interessante Wortwahl", sagte sie.

„Hat es was mit Jennifer zu tun? Wenn ja, sag es mir. Sollte sie wegen der Krankenhausgeschichte...", er brach ab. Es war sein einzig eingermaßen plausibler Erklärungsansatz.

„Nein, mit Jennifer hat es nichts zu tun."

„Womit dann?" fragte er, wobei seine Stimme ungewollt lauter und härter wurde.

„Es hat mit dir zu tun, du Krüppel. Mann, weißt du, wie das ist? Es kostet mich ja eine scheißverdammte Überwindung so eine Drecksvisage wie dich zu küssen. Daß du mir dann aber wie ein Bekloppter zu zappeln anfängst und mir abkackst – nein! Ich bin nicht die Heilsarmee. Ich will keinen Krüppel", schleuderte sie ihm entgegen, bevor sie sich abwandte und weglief.

Es war wie ein Tritt in das, was landläufig als Familienjuwelen bezeichnet wird. Morton war paralysiert. Er wollte nicht glauben, was sie ihm da gerade geradewegs ins Gesicht geätzt hatte. So war sie drauf? Das konnte nicht sein!

Möglicherweise hätte Morton nach dieser Zurückweisung einen First-class-Absturz hingelegt und wäre für die nächste Zeit völlig out of order gewesen. Er hatte so etwas zuvor schließlich nie erlebt. Aber trotz all seiner Fehler ist das Universum verrückterweise auf Gleichgewicht und Harmonie aus. Nimmt es etwas, gibt es an anderer Stelle. So auch bei Morton: In den Wochen, in denen er sich erfolglos bemühte, mit Roberta in Kontakt zu treten, und in denen er den meisten Menschen – und hier insbesondere Jennifer und Steve – gegenüber ein ungehobelter Bauerntrampel war, in diesen Wochen schloß er eine neue Freundschaft.

Es begann recht unspektakulär. Morton kam etwas früher als gewöhnlich in den Raum von Veins Mathekurs. Roberta war nicht anwesend. Lustlos schlenderte er zu seinem Platz. Dabei mußte er an einem Studenten vorbei, der wie wahnsinnig Zeilen auf Papier warf und sie sofort wieder ausstrich. „Ich pack's nicht, ich pack's nicht, ich pack's nicht", wisperte er. Morton blieb stehen. Was gab es in Mathe nicht zu packen?

„Was gibt's?" erkundigte er sich.

„Letzte Woche hat mir Vein eine Aufgabe gestellt, die ich bis heute lösen und die Lösung dann vorstellen soll. Gleich beginnt der Kurs, und ich habe nichts."

Morton warf einen Blick auf die Uhr: die Zeit reichte. Morton warf einen Blick in den Saal: keine Roberta, nirgends.

„Zeig her", sagte Morton und setzte sich neben den Studenten, der den Tränen nahe war. Innerhalb von zwei Minuten hatte er dank Morton die Lösung, und innerhalb von drei Minuten wußte er dank Morton, wieso.

Auf diese Weise lernte Morton Ferris Lucien Day kennen. Aus Dankbarkeit gab Lucien Morton ein opulentes Mittagsmahl aus. Es gelang ihm, während sie fleißig spachtelten, Morton seit Ewigkeiten wieder zum Lachen zu bringen. Lucien war ein fröhlicher Mensch. Er war recht aufgeweckt und wußte längst, was Morton so zu schaffen machte. Er brachte Morton jedoch dazu, es zu vergessen, solange sie zusammen waren.

Gerade die soeben beschriebenen Eigenschaften waren es wohl auch, die Morton so viel Zeit mit Lucien verbringen ließ. Es war eine gute Zeit. Lucien und er lagen einfach auf einer Wellenlänge. Beide waren sie Mathematiker. Mit Lucien konnte Morton über Dinge reden, von deren Existenz Jennifer nicht einmal etwas ahnte. Und Morton konnte mit Lucien über Frauen sprechen, wie es nur Männer fertig bringen. Dazu war Jennifer einfach nur ungeeignet.

So geschah es zwangsläufig, daß Jennifer und Morton sich immer mehr entfremdeten. Ihr war es schon kurz nach dem Krampfanfall aufgefallen, daß mit Morton etwas nicht ganz stimmte. Sie versuchte, ihn zur Rede zu stellen. Der Erfolg war mehr als bescheiden: Er wich ihr zwar nicht aus, gab ihr jedoch zu verstehen, daß es sie nichts anging. Rein instinktiv begriff sie, daß es sich um Roberta handeln mußte. Wie sehr wünschte sie sich jetzt, diesem Allerweltsgesicht damals eine gelangt zu haben.

Lucien hatte sie nichts entgegenzusetzen. Sie konnte nur mit ansehen, wie ihr dieser charmant-altkluge Womenizer Tag für Tag mehr von ihrem Morton wegnahm. Immer häufiger waren die beiden zusammen. Immer öfter war Morton mit Lucien unterwegs. Sie konnte nichts dagegen tun. Sie blieb in ihrem Zimmer und wartete, daß er zurückkam. Manchmal kam Steve sie besuchen, doch ihm erzählte sie nichts, obwohl er nicht blind war.

Vielleicht wäre das alles ewig so weitergegangen, hätte Morton über all seinen Spaß mit Lucien nicht die häuslichen Verpflichtungen, die er bei seinem Einzug eingegangen war, zunächst vernachlässigt, um sie dann gänzlich zu vergessen. So konnten sie Anlaß eines Streits werden, der zwischen ihm und Jennifer entbrannte, nachdem er, ohne vorher darüber ein Wort zu verlieren, ein ganzes Wochenende mit Lucien unterwegs gewesen war. Der Streit war heftig und von ihrer Seite äußerst verbittert geführt. Er kulminierte jedoch in einem Satz Mortons, der ihn schlagartig beendete: „Brauchst dir zukünftig nicht mehr ins Hemd zu machen, Mami. Der Kleine zieht bei Lucien ein."

Stille.

Schließlich marschierte Jennifer zur Tür des Appartements und machte sie auf: „Dann geh. Ich will dich hier nicht mehr sehen."

Sie donnerte die Tür hinter ihm ins Schloß und wankte in die Küche. Hier verließ sie ihre Beherrschung, und sie weinte hemmungslos. Es war aber kein kathartisches Weinen. Vielmehr spülte es den Schmerz rein, der nun klar und hart in ihr saß.

Irgendwie hatte sie dann ihr Handy in der Hand und irgendwie Steve am Hörer, mit dem sie sich am Ende irgendwo auf ihrem Bett sitzend wiederfand und sich erklärte: „Ich kann nichts dagegen machen. Er gehört zu mir. Er ist ein Teil von mir und muß bei mir sein, denn sonst bin ich tot. Er ist mein Leben. Aber seit dieser dummen Party ist es anders. Davor war es mir nur wichtig, mit ihm zu sein, bei ihm zu sein, für ihn da zu sein. Seit dieser Party – ich weiß es nicht! – will ich von ihm berührt werden, nein! gefickt. Bumsen soll er mich. Wenn ich ihn sehe, nein, wenn ich nur an ihn denke, bin ich naß. Und es ist schlimmer geworden. Dieses Verlangen! Als wäre ich nur eine einzige große Fotze. Er soll mich anfassen, sonst werde ich verrückt. Doch wenn er mich anfaßt, dann ist es so... fremdartig, so... anders. Es stillt nicht das Verlagen, obwohl er alles ist, was ich verlange!"

„Er ist nicht mehr der Morton Ferris. Du liebst jemanden, den es nicht mehr gibt."

„Warum werde ich dann ganz wahnsinnig, wenn ich ihn sehe? Ich... liebe ihn. Ich muß ihn lieben. So wie er ist. Ich kann nichts dagegen machen. Ich kann mir nicht einmal meine scheißverfluchte Fotze rausreißen, damit es nicht mehr so brennt in mir. Sie treibt mich in den Irrsinn. Sie macht mich krank", schrie sie.

„Ist ja gut", Steve nahm sie in seine Arme. „Ruhig, ganz sachte."

Sie brach wieder in Tränen aus.

„Ich bin so leer. Ich wußte es nicht. Bis zu dieser Party. Es ist so anders, als wie ich es mir auf der Highschool dachte. Mein Gott. Meine Fotze brennt. Warum?"

„Komm, so schlimm ist es nicht."

„Ist es nicht?" kreischte sie. Sie packte seine Hand und preßte sie in ihren Unterleib: „Spürst Du sie nicht, die mich verbrennende Leere?"

Am nächsten Morgen stand Morton an Jennifers Bett und schaute auf die Schlafenden. Steves Gesicht machte einen entspannten Eindruck. Jennifers Gesicht blieb ihm ein Rätsel. Er klatschte in die Hände: „Auf, auf!"

Ein wenig brauchte es, bis die beiden erwachten. Dafür fuhr ihnen der Schreck umso heftiger in die Glieder: „Mort!" Hastig zogen sie die Decken über ihre nackten Körper bis zum Kinn. Jennifer zog sie gleich bis über den Kopf. Sie schämte sich.

„Ich wollte eigentlich nur Bescheid sagen, daß Lucien unten mit einem Wagen steht und ich heute schon das Feld räumen werde." Amüsiert lächelte er Steve zu: „Wie es mir scheint, genau zur richtigen Zeit." Er trat näher heran, um Jennifer die Decke vom Kopf zu ziehen: „Das war längst überfällig. Es freut mich, daß es passiert ist." Zu Steve sagte er: „Hast du ihr endlich deine Liebe gebeichtet?" Schon war er aus dem Zimmer gerauscht.

Für Steve ging das zu schnell, der Schrecken hatte ihn plattgewalzt. Und der Ausdruck verdutzten Entsetzens in Jennifers Gesicht erstickte jeglichen Gedanken. Er wollte nur noch eins: weg.

So geschah es jedoch, daß am Tage des Auszugs von Morton Ferris Steve Morrison Friggs bei Jennifer Danicls einzog.

Für Morton begann eine neue Zeit. Schnell lebte er sich in die 2er-Männer-WG mit Lucien ein. Er konnte kommen und gehen, wann er wollte, es sei denn, sie hatten sich zu einer Party verabredet. Und das ereignete sich recht häufig. Manchmal fuhren sie auch einfach so für ein paar Tage weg. Lucien hatte viele Bekannte und Freunde, und die wenigsten davon lebten in Boston. Wenn dann in der Küche nach Wochen Gebirgslandschaften aus ungespültem Geschirr zu erklimmen waren – wen kümmerte es? Irgendwann, wenn es gar nicht mehr anders ging, was meistens dann der Fall war, wenn Damenbesuch vor der Tür stand oder eine Party in den eigenen vier Wänden, bequemten sich die beiden den festgewachsenen Dreck von den Tellern zu kratzen.

Es wäre sicher übertrieben, zu behaupten, Morton und Lucien wären die Partykönige schlechthin. Zum Vizekönig reichte es aber allemal. Die Tendenzen waren eindeutig.

Also fand sich Morton eines schönen Abends erschöpft auf einer Couch während einer Physikerfete wieder. Es war die dritte Partynacht hintereinander, und er verspürte das erste Mal seit einer Ewigkeit das Bedürfnis, sich ein wenig zu erholen. Deswegen entging es ihm, wie sich jemand neben ihm setzte und ihn ansprach. Erst als ihr ‚Hallo, Morton.' völlig verschüchtert rüberkam, wurde in ihm ein Grenzwert überschritten, der ihn reagieren ließ. Er wandte sich Roberta zu.

„Sieh an. Noch einmal alles auf Start? – Hallo! Man nennt mich Morton Ferris. Wie geht es Ihnen?"

„Das ist die Fortsetzung, du Idiot", sagte sie. Da hatte er nicht einmal seinen Vortrag beendet und wurde von ihr am Schlawittchen zu ihrem Wagen gezerrt.

„Wohin geht's?" fragte er, als sie abfuhren.

„Zu mir."

Ab dem Moment kam von keinem mehr ein Wort. Morton wußte, worauf das hinauslaufen würde. Und in Erwartung dessen wurde seine Hose immer enger.

In ihrem Zimmer hielten sie sich nicht lange mit Höflichkeiten auf. Sie bot ihm nichts zu trinken an, so daß er auch nichts ablehnen brauchte. Unbeholfen stürmisch rissen sie sich gegenseitig die Klamotten runter. Wie ein ausgehungerter Wolf fiel er über ihre Muschi her und aß sie, dieser Katzenkiller♠. Es schmeckte ungewöhnlich, aber gut und förderte seinen Appetit.

Schon wollte er sich der Hauptspeise zuwenden, als er merkte, daß irgendetwas nicht stimmte. Sie merkte es gleichfalls und verlor volle Kanne die Beherrschung.

Sie biß Morton, schlug ihn und trat und trat und trat so lange auf ihn ein, bis er von ihr runter und vor ihr auf dem Boden lag. Dann warf sie ihn im hohen Bogen achtkantig raus.

Da stand er nun, blaufleckig, bißwundig nackt und ausgesperrt. Die Kleider um ihm herum im Flur verteilt, mußte er zuerst einmal zur Besinnung kommen. Kein Sinn stellte sich ein. Eher instinktiv warf er sich die Kleider über, lief den Gang entlang die Treppen runter, raus auf die Straße. Er lief und lief und lief und lief. Er bremste erst, als er vor Jennifers Bett stand. Sie war augenblicklich wach.

„Hallo!"

„Wo ist Steve?"

„Der ist auf einer Exkursion."

„Ich hatte noch den Schlüssel, weißt du?"

„Was hast du, Mort? Warum bist du hier ?"

♠Wie kann man ‚Pussy-eater' übersetzen? (Anm. d. Übers.)

Die Erwähnung dieses Namens brachte ihn zur Explosion: „Was hast du nur dauernd mit dem Namen, Jen?? Es reicht, hörst du?? Ich bin das nicht!! Begreif das endlich!!!"

„Reg dich bitte ab", sagte sie ruhig und machte ihm etwas Platz zum Sitzen: „Setz dich. Erzähl."

Morton atmete mehrmals durch, um runterzukommen. Dann setzte er sich.

„Ich dachte, du verstehst das. Du hast den Menschen mit Namen Morton Ferris gekannt, bevor er durch diesen Kinley ausgelöscht worden ist. Du kennst den ganzen Weg des Menschen, der gezwungen ist, weiter unter diesem Label zu leben, das nicht das Geringste mit ihm zu tun hat."

„Bist du dir sicher, nicht Morton Ferris zu sein?"

„Ich war es einmal, okay. Aber das ist vorbei. Es ist so was von vorbei, daß ich sagen muß, daß ich nie Morton Ferris gewesen bin. Selbst mein Körper erinnert sich nicht an diese Vergangenheit. Doch der Name klebt an mir und damit diese Vergangenheit. Wozu? Wozu gibt man Namen? Man schreibt damit nur für alle Zeit etwas fest, was sich nicht festschreiben läßt. Der Mensch ist nicht. Er wird. Die Namensgebung läßt das völlig außen vor. Überleg doch nur: Jemand kommt auf die Welt als Willi, entwickelt sich zu einem Charles und stirbt als Jack. Sein ganzes Leben, seine ganze Entwicklung wird aber durch seinen Namen unterdrückt, den er bei Geburt bekam. Und wenn er Pech hat, lautete der Damon."

„Von einem durch und durch politisierten Ché Guevara hast du dich zu einem unpolitischen, weltabgewandten Einstein entwickelt."

„Du irrst dich, wenn du glaubst, daß Einstein nur an seine Formeln gedacht hat. Er war ein sehr politisch denkender Mensch. Ihm blieb auch gar nichts anderes übrig angesichts der Zeit, in der er lebte."

Morton schaute von seinen Händen auf und in Jennifers Gesicht: „Ich bin nicht unpolitisch. Ich will aber nicht dumm rumlabern, sondern etwas bewirken. Darum die Mathematik. Hier sind Dinge möglich, die heute im politischen oder philosophischen Diskurs nicht mehr möglich sind. Sie sind nicht mehr zugelassen.

In der Mathematik regieren Freiheit und Phantasie, die im politischen Raum undenkbar geworden sind. In der Mathematik sind neue Gedanken möglich. Sie sind sogar erwünscht! In der Mathematik lassen sich Dinge bewegen. Das einzige, was sich in der Politik bewegt, sind die Schmiergelder. Der Diskurs ist zum Selbstzweck verkommen. Und je weniger Substanz er hat, umso mehr wird er zur Show. Eine für viele tödliche Show.“

„Es muß sich was ändern. So dachte Morton Ferris früher.“

„Er war naiv. Begib dich in den Diskurs, und du kommst darin um.“

Jennifer schwieg für eine Weile, bevor sie schließlich fragte: „Um mir das zu sagen, bist du mitten in der Nacht gekommen?“

„Nein.“

„Weswegen dann?“

Morton schluckte, sie sah in an. Neugierig.

„Ichhabeihnichthochgekriegtichwarmitrobertazusamm enunhabnnichhochgekriegt.“

Ihre Augen weiteten sich, doch Morton verstand es nicht zu deuten. Ihr Gesicht wurde ihm wieder ein Rätsel. Rasch und nicht ganz so hastig berichtete er ihr, was sich abgespielt hatte.

„Impulsiv.“

„Ist das alles, was dir dazu einfällt, Jen?“

„Nimm es nicht zu ernst. War es dein erstes Mal?“

„Ja.“

Wer's glaubt, wird selig, schoß es ihr durch den Kopf, aber sie sagte: „Siehst du: Du warst nervös, aufgedreht und vielleicht war es nicht der richtige Augenblick. Oder sie war nicht die richtige. All das kann passieren."

„Meinst du? Wird das nie wieder passieren?"

Nachdem sie verstohlen einen Blick auf Mortons Hose geworfen hatte, verkündete sie: „Wahrscheinlich wird es nie wieder passieren."

„Garantie gibt es keine?"

„Wie gesagt: Es hängt von sehr vielen Faktoren ab."

„Aber sie ist die Richtige."

„Das weißt du?"

Er schaute sie ungläubig an: „Hast du noch nie geliebt?"

Jennifer wollte darauf etwas erwidern, doch besann sie sich eines anderen. „Laß uns das jetzt nicht vertiefen." Sie gähnte. „Gehen wir schlafen." Sie machte Platz. „Leg dich hin."

„Zu dir ins Bett?"

„Es gibt nur ein Bett in meiner Bude. Und in deinem Zustand laß ich dich nicht gehen. Sonst klappst du nur wieder irgendwo zusammen."

„Aber Steve..."

„Steve ist auf Exkursion. Außerdem: Ich will dich nicht verführen. Ich bin mit Steve zusammen."

„Okay", gab Morton klein bei, legte sich hin, rollte sich zusammen und war schon eingeratzt.

Jennifer lag neben ihn und beobachtete den Schlafenden. Sie schaute ihm beim Schlafen zu. Sie kriegte diese Nacht kein Auge zu.

Deshalb war sie schnell an der Tür, als es frühmorgens schellte.

„Also ist er bei dir", sagte das Allerweltsgesicht.

„Das ist er. Ich weiß aber nicht, ob er dich sprechen will."

„Ich muß mit ihm reden. Unbedingt. Es ist lebenswichtig für mich." Das konnte Jennifer sehen. Sie war nicht die einzige, die diese Nacht keinen Schlaf bekommen hatte.

„Jen! Wer ist es?" hörte sie ihn da rufen. Er mußte aufgewacht sein.

„Roberta!" rief sie über die Schulter zurück. Es gab einen großen Plumps, als wäre er aus dem Bett gefallen. Dann eilte er humpelnd herbei.

„Du!" schleuderte Morton in einem Cocktail aus Wut und Verunsicherung Roberta entgegen.

„Ich... ich muß... wir müssen reden", suchte sie mühsam einen Satz zusammen.

„Ja", sagte er.

Roberta nahm ihn bei der Hand und sie gingen gemeinsam die Treppe runter: Morton mit zerknautschten Klamotten, Roberta mit zerknautschten Gesicht schwebten sie gleichsam in einer eigenen Atmosphäre. Sie ließen Jennifer in der Tür stehen. Sie hatten sie vergessen.

Als sie auf den frühmorgendlich ausgestorbenen Straßen wandelten, ergriff Roberta als erste wieder das Wort: „Was habe ich dir nur Böses angetan? Es war so dumm von mir. Aber ich war machtlos dagegen. Es war eine Macht, die stärker war als ich. Es war wie ein Reflex."

„Wieso?"

„Ich war gekränkt. Ich war verletzt. Daß du ihn nicht hochgekriegt hast, hat mich verletzt. Du hast mir damit zu verstehen gegeben, daß du mich nicht willst."

„Du hast es als Zurückweisung empfunden?"

„Ja. Erst bringt mich deine Zunge in den 7. Himmel und dann schickt mich dein Schwanz vorwarnungslos in die Hölle. Das hat geschmerzt wie..." Unkontrolliert zitterte sie.

„Es war keine Zurückweisung. Ich weiß nicht, was es war. Aber es war keine Zurückweisung." Er blieb stehen und zwang sie, ihn anzuschauen: „Es war keine Zurückweisung, denn ich liebe dich." Seine Stimme war fest und sicher, als er es sagte.

Sie umschlang ihn mit ihren Armen und drückte sich ganz feste in ihn: „Sei still, du dummer Junge. Die ganze Nacht war ich auf. Ich konnte nicht verstehen, was ich getan hatte. Zum zweiten Mal schon! Bin ich nicht ein dummes Mädchen? Ich will nur mit dir zusammensein, mehr nicht. Jetzt und immer."

„So sei es."

„So bist du denn mein Mann und ich bin deine Frau." Sie sah an ihn hoch. Unsicher lächelnd fragte sie: „Hast du mit ihr geschlafen?"

„Eifersüchtig?"

„Nein. Ich will's nur wissen für den Fall..., weil falls du diese Nacht nicht... und... du... ich habe den Wagen in der Nähe."

Er parkte in einer Seitenstraße und verfügte über eine ausreichend große Rückbank, um Morton an diesem wunderschönen frühen Morgen bei Vogelgezwitscher seine Unschuld verlieren zu lassen. Jennifer konnte es von ihrer Bude aus sehen.

Als Morton am nächsten Morgen erwachte, fühlte er sich erquickt wie nie zuvor. Zunächst dachte er, Roberta hätte ihn geweckt, denn sie war dabei, ihn hingebungsvoll zu streicheln. Doch noch bevor sie merkte, daß er erwacht war, erinnerte er sich an den Traum. Er schoß augenblicklich in die Höhe und spähte umher: „Haste was zu schreiben?" fragte er.

„A... auf dem Tisch", sagte Roberta überrumpelt.

„Tschuldigung." Nicht gerade rücksichtsvoll hangelte sich Morton über Roberta hin aus dem Bett und langte auf dem dem Bett gegenüberliegenden Schreibtisch nach Stift und Papier.

„Was tust du da?"

„Ich will meine Liebe zu dir in eine mathematische Formel fassen", erwiderte er, während er schnell ein paar Zeilen aufs Papier warf.

„Du bist süß, Morton", flüsterte sie ihm ins Ohr und zerrte ihn weg vom Tisch, zerrte ihn zurück ins Bett, zurück auf ihren Körper: „Du brauchst keine Formel, sondern DAS, mein Mortie."

Zwei Stunden später – immer noch ineinanderhängend – wisperte er: „Bitte nenn mich nicht Morton oder Mort oder Mortie. Das ist so... unsexy."

„Wie soll ich dich dann nennen? Sexgott?"

„Quatsch, nein. So mein ich das nicht. Nenn mich nur nicht Morton oder Mort oder Mortie. Nenn mich... mmh... – Wie wäre es mit Albert?"

„Albert?? Unsexier geht's wohl nicht? ... Al? Kurz und gut?"

„Al? Al? – Ich bin kein ‚Al'. Albert."

„Wie wäre es mit – laß mal nachdenken – Ferris?"

„Das ist der Nachname."

„Und? Mach ihn zum Vornamen. Also für mich bist du ein Ferris."

„Ferris? ... Ferris? Na, okay."

Vier weitere Morgen später rief er bei Jennifer an. Er hatte ein schrecklich schlechtes Gewissen.

Sie ging weder auf seine Begrüßungsworte noch auf seine Entschuldigungen ein. Sie fragte einzig: „Hat es Spaß gemacht?"

„Was?"

„Du hast mich schon verstanden. Hat es Spaß gemacht?"

Er sog scharf die Luft ein.

„Und? Ist sie die ‚Richtige'?"

„Jennifer?! Was – ist – dein – Problem?"

„Oh! Jetzt heißt es nicht mehr ‚Jen'. Ab jetzt bin ich nur noch ‚Jennifer'. Warum nicht gleich ‚Ms. Daniels'??"

„Jennifer..."

„Du. Du bist mein Problem."

Er schwieg, um dann einen langen Seufzer von sich zu geben. Da mußte damals doch mehr zwischen den beiden gewesen sein.

„Wart ihr ein Paar?" fragte er.

„Wie meinst du das?"

„Du und dieser Morton Ferris früher. Wart ihr zusammen?"

Statt einer Antwort hörte er nur ihren schwergehenden Atem.

„Du schweigst. Okay. Dann paß mal auf, was ich dir zu erzählen habe." Detailliert schilderte er ihr nun die Ereignisse der letzten Tage von dem Punkt an, an dem er mit Roberta aus Jennifers Bude entschwebt war, bis zum jetzt geführten Telefongespräch. Jennifer hörte sich verbissen schweigend die ganze Erzählung an. Es schien eine Ewigkeit, als er endlich zum Schluß kam: „So ist das, wenn man zusammen ist."

„Zusammen? Ihr dreht einen Hochglanz-Porno. Scheißverflucht! Sie sagte, ihr seid Mann und Frau." Sie schluckte. „Seid ihr schon zusammengezogen?"

„Nein. Wir wollen nichts überstürzen."

„Nichts überstürzen?" Ihr blieb die Luft weg: „Ich... ich..." – Sie legte auf.

Er schaute Roberta an, die das ganze Telefonat über ihm gegenübergesessen hatte.

„Wie hat sie es aufgenommen?" fragte sie.

Er schüttelte niedergeschlagen den Kopf. Sie schloß ihn rasch in ihre Arme: „Du bist ihr Baby, weißt du? Sie wird es mit der Zeit verstehen. Sie wird es akzeptieren. Glaub mir."

„Liebst du mich?"

„Bis daß der Tod uns scheidet und darüber hinaus."

AAAAI-
IIIIIIIIIIIIIIIIIIIIIIIIIIIIIIIIIIIIIIIIIIIIIIIIIIIIIIIIIIIIIIIIIIIIIIIIIIIIIIIIIII IIIIIIIIK-G-G-G!!

Wie angekündigt blieb Morton vorerst bei Lucien wohnen. Der hatte auch keinerlei Probleme mit Roberta. Die drei wurden häufig zusammen auf Partys gesehen oder auf irgendwelchen Unternehmungen. Mal schlief Roberta bei Morton, mal er bei ihr – so wie es sich gerade ergab. Ab und zu übernachteten die beiden auch in ihrem Lincoln.

Nach ihren ‚Flitterwochen' besuchten sie auch wieder die Kurse im College. Und falls es mal dazu kam, daß Roberta nicht frei war und Lucien zur gleichen Zeit anderweitig beschäftigt, knobelte Morton an dem herum, was er im Traum gesehen hatte. Jennifer versuchte er ein paar mal zu erreichen. Aber entweder wimmelte ihn der AB ab, oder sie ließ sich durch Steve verleugnen.

Eines Tages nun trat Morton zusammen mit Roberta vor Mr. Vein, der soeben dabei war, seinen Kurs zu beginnen.

„A! Das junge Genie und seine treue Gefährtin. Was verschafft mir die Ehre?"

Morton hielt ihm ein Papier entgegen, auf dem er die ausgearbeitete Formel und ein kleines Programm, das die Formel widerspiegeln sollte, notiert hatte. Neugierig ergriff Mr. Vein das Papier und studierte es.

„Interessant", murmelte er.

„Ist es das, Mr. Vein? Ich bin mir da nicht sicher. Ich hab auch keinen blassen Schimmer davon, was die Formel bedeutet. Sie ist mir nächtens einfach so erschienen. Ich denke, sie drückt vollkommene Harmonie aus", sagte Morton sichtlich aufgeregt.

147

Mr. Vein blickte vom Papier auf und in den Saal. „Das sollten wir in aller Ruhe besprechen", meinte er. „Kommen Sie morgen gegen 20 Uhr in mein Büro. Da haben wir dann alle Zeit der Welt. Paßt es Ihnen, zu dieser Zeit mein geheiligtes Refugium in diesen unheiligen Hallen aufzusuchen?"

„Okay. Kein Problem. Darf Roberta mitkommen?"

„Morgen, 20 Uhr? Da hab ich leider schon eine Verpflichtung. Aber geh du nur hin, Ferris. Es ist doch deine Entdeckung."

Morton dachte nach: „Lucien hat morgen auch keine Zeit. Das weiß ich."

„In dieser Woche habe ich zu meinem Leidweisen nur morgen ausreichend Zeit, Mr. Ferris, um Ihnen die Aufmerksamkeit zukommen zu lassen, die Sie verdienen. Wenn Sie warten möchten..."

„Abgemacht. Morgen in Ihrem Büro."

„So wird es sein." Mr. Vein wedelte mit dem Blatt: „Darf ich das bis morgen behalten?"

„Sicher."

„Dann kann ich es mir morgen zwischen Zähneputzen und Duschen gemütlich anschauen, um nicht ganz unvorbereitet zu sein." Mr. Vein faltete das Papier zusammen und steckte es in die Innentasche seines Jackets.

Morton brauchte erst gar nicht an der Tür zu Veins Büro zu klopfen. Mr. Vein wartete in der offenen Tür auf ihn.

„Ausgezeichnet, daß Sie kommen konnten", wurde Morton händeschüttelnd begrüßt. „Kommen Sie. Ihre Formel ist wahrlich eine Wucht."

Sein Dozent führte ihn in dessen Büro und zu einem Sessel vor seinem Schreibtisch: „Nehmen Sie Platz, Mr. Ferris."

Morton gehorchte und Mr. Vein ging energischen Schrittes an die Tafel, die hinter seinem Schreibtisch angebracht war. Er zauberte ein Stück Kreide hervor und begann, etwas an die Tafel zu schreiben: „Verlieren wir keine Zeit. Gehen wir gleich in medias res." In kürze stand eine hochkomplizierte Formel an der Tafel. „Erkennen Sie sie wieder?" fragte Mr. Vein seinen Studenten.

Morton schaute sich die Formel an. Es dauerte etwas, aber dann sagte er: „Das ist sie. Doch viel zu schwerfällig!"

„Und viel zu ungenau", ergänzte Mr. Vein. Er reichte seinem Studenten drei Seiten eng bedruckten Papiers: „Was halten Sie davon?"

Sorgfältig studierte Morton die Seiten. Es handelte sich um ein Computerprogramm. „Es ist mein Programm", bemerkte er erstaunt.

„Nur viel zu schwerfällig, viel zu ungenau und nicht wirksam genug."

„Was hat das zu bedeuten?" Morton deutete auf die Tafel, schwenkte die Blätter.

„Ein gewaltiges Heer von Mathematikern entwickelte die Formel dort an der Tafel im Auftrag der Regierung. Ein noch viel größeres Heer von Informatikern war mit der Entwicklung des Programms beschäftigt. Und der Traum eines einzigen Studenten reichte, um sie alle zu schlagen."

Morton war mächtig beeindruckt von dem, was ihm sein Dozent da mitzuteilen hatte. Es gab ihm aber keine Antwort auf das, was ihn am meisten beschäftige: „Wozu sind die denn nun gut? Die Formel? Das Programm?"

„Sie wissen wirklich nicht, was Sie da geschaffen haben?" fragte Mr. Vein und langte in eine Schublade seines Schreibtisches.

„Ich weiß es wirklich nicht. Wie denn?"

„Armer Junge."

Plötzlich hatte Mr. Vein eine Kanone in der Hand und zielte auf Morton.

Der sprang entsetzt auf und wich gleichzeitig zurück: „Mr. Vein!! WAS...?"

„Mr. Vein, Mr. Vein, Mr. Vein... Wer sagt, daß ich ein Mr. Vein bin?"

Voller Angst starrte Morton seinen Dozenten an. Irgendwie stimmte etwas mit dem Gesicht dieses Mannes nicht.

„Junger Freund: Schau genau hin!"

Der Mann, den Morton bis vor einen Augenblick als Mr. Vein gekannt hatte und den er für seinen Dozenten gehalten hatte, dem er vertrauen durfte, zog zunächst an einer Seite seines Gesichts und riß dann blitzartig eine Latexmaske herunter. Es kam ein Gesicht zum Vorschein, mit dem Morton nichts anfangen konnte.

„Du erinnerst dich nicht, habe ich recht? Dabei habe ich mich damals als mich selbst verkleidet. So kann es kommen."

„Sind Sie Kinley?"

„Du erinnerst dich?"

„Nein."

„Wie glücklich hättest du damit werden können. Wäre da nicht die Ironie des Schicksals oder seine Dialektik. Such's dir aus."

Morton wich weiter vor dem Mann mit der Waffe zurück. Er war kurz vor einer Panikattacke und kurz davor, Hals über Kopf sein Heil in der Flucht zu suchen. Kinleys Stimme nagelte ihn jedoch felsenfest: „Bleib, wo du bist", brüllte sie unwiderstehlich. Morton verharrte gelähmt.

Kinley kam hinter dem Tisch hervor und schob sich ganz nah an Morton heran: „Entspann dich." Er wedelte mit der Kanone vor Mortons linker

Gesichtshälfte: „Da hab ich dir das Hirn rausgeballert." Die Mündung der Waffe zielte jetzt genau auf Mortons rechtes Auge: „Es war ein Fehler. Beide Hälften hätte ich dir wegpusten sollen." Kinley lachte: „Soll ich im College beenden, was ich in der Schule begonnen? Oder willst du endlich kooperieren?"
Es geschah ganz ohne sein Zutun. Morton zuckte kurz und unkontrolliert mit seiner linken Hand.

„Was machst du denn hier?" rief Steve überrascht.
Morton wankte in die Küche, wo Steve und Jennifer gerade zu Abend aßen: „Ich habe noch den Schlüssel", antwortete er. Da war Jennifer längst bei ihm.
„Was ist mit dir? Du bist ganz weiß. Ist was mit Roberta?" Sie geleitete ihn zu einem der Stühle am Küchentisch, wo er sich fallenließ.
„Du schaust aus, als wär dir der Tod begegnet", sagte Steve erschrocken.
„Kein Scherz. Das bin ich. Ich hatte einen Termin mit meinem Dozenten Vein, um über eine Formel zu sprechen, auf die ich gestoßen war. Vein ist Kinley."
„WAAAS?" schrien Jennifer und Steve im Chor der Entsetzten.
„Kein Scherz. Er ist es. Die Formel...", Morton holte einen zerknüllten Zettel hervor und brach ab, denn sein Handy klingelte. Mühsam kramte er es heraus: „Wer kann nur...?" Er warf einen Blick aufs Display: „Lucien!" Morton ging ran.
„Mensch, Alter! Wie steht's? Ich will dich ja nicht stören, aber ich muß doch wissen, was Vein von deiner Formel hält. Sie muß ein Hammer sein, nicht wahr?"
„Das ist sie, Lucien."
„Du klingst aber nicht danach. Kann ich nicht gratulieren?"
„Vein ist Kinley."

„Bitte? Du meinst... das ist der, von dem du...? Mein GOTT! Was ist passiert?"

„Irgendwie bin ich rausgekommen."

„Mensch, Alter! Wo bist du jetzt? Bei Roberta?"

„Roberta? Nein, ich bin bei Jennifer."

„Rühr dich nicht vom Fleck! Bin schon bei dir. Ich versuch auch, Roberta zu erwischen. Beruhig dich erstmal. Wir kriegen das hin."

„Okay."

„Heilige Scheiße, ist das'n Ding, Alter! Ich fliege. Keine Panik."

Morton drückte Lucien weg und schmiß das Handy auf den Tisch. Es landete im Salat.

„Wie konntest du ihm entkommen?" fragte Jennifer.

„Ich weiß nicht. Ich glaube, ich habe ihn niedergeschlagen."

„Ist er tot?" fragte Steve.

„Keine Ahnung", stammelte Morton. Ihm war auf einmal speiübel. „Das Klo..."

Mit der Hilfe Jennifers schaffte er es noch eben rechtzeitig den Inhalt seines Magens der Kloschüssel zu überantworten und damit nicht eine Neugestaltung der Inneneinrichtung vorzunehmen. Zurück in der Küche, stellte Steve fest: „Du bist noch weißer geworden."

Morton nickte nur matt. Er war zu erschöpft, Wert auf sein Äußeres zu legen. Das Sitzen und das Beisammensein mit seinen Freunden schien ihm aber wieder Kräfte zu verleihen, denn als es an der Tür schellte, war er der erste, der aufstand und in den Flur eilte, um zu öffnen: „Lucien. Er muß es sein."

Ein Blick durch den Spion bestätigte die Annahme. Und Lucien war nicht allein. Er hatte Roberta bei sich! Glücklich riß Morton die Tür auf. Schon wollte er die beiden in seine Arme schließen, da sprang Kinley aus seinem Versteck neben der Tür und rammte Morton seinen Fuß mit einer Wahnsinnskraft in den Bauch, so daß der durch den gesamten Wohnungsflur flog, gegen die Wand krachte und zu Boden stürzte. Morton war so überrascht, daß er nur das Echo des Schusses hörte, der ihn zielgenau in seine Schulter traf und am Boden festtackerte.

„Morton!" kreischte Jennifer, die genau in diesem Augenblick mit Steve in dem kleinen Flur des Appartements auftauchte. Sofort war sie bei ihm.

„Du Hurensohn!" schrie Steve und wollte sich auf Kinley stürzen. Zwei Kugeln in der Brust hielten ihn davon ab. Tot brach er neben Jennifer zusammen.

„Steve!" kreischte Jennifer und warf sich über ihn. Sie konnte nichts mehr tun. Unkontrolliert weinte sie los. Sie wandte sich Morton zu, der stöhnend in seinem Blut lag. Sie wandte sich Steve zu, der in die Leere glotzend in seinem Blut lag. Sie war hin- und hergerissen, der Schmerz zerriß sie. Hilflos wirbelte sie umher, drehte sich im Kreis und brüllte wie wahnsinnig: „Erst Morton Krüppel! Dann Steve tot! Was dir getan? Was dir getan? WASWASWASWAWAWAS??? Was soll das alles? Was wollt ihr? Ihr wollt seine Freunde sein? Lucien, für dich hat Mort mich verlassen!! Und dir hat er seine Liebe geschenkt. Dem Allerweltsgesicht, der grauen Maus. Dir hat er sie geschenkt, die Sachen verzapft hat, die AAAAAAIIIIIIIIIIIKKKKKK!!!! Dir hat er sie verziehen. Er ist <u>dein</u> Mann, Roberta! AAARRG!! Jetzt steht IIIIIIIIIIIhr da wie angewurzelt und schaut zu. Wawawas seid Iiiiihrk? Auf welcher Seite steht iwaswollt ihrvonihm? WAWAWAWAAWAS?" – Ihr Redeschwall endete in einem langanhaltenden, kreischenden Geräusch, dem Quietschen von Kreide auf der Tafel nicht unähnlich, das Kinley kurzerhand abwürgte, indem er ihr mit der Waffe quer eins übers Maul zog. Sie knickte in den Knien ein.

153

„Ausgezeichnet. Wenn wir uns nun alle mal beruhigen wollen, können wir auch endlich miteinander reden", sagte Kinley angepißt.

„Ja, Lucien und Roberta arbeiten für uns. Warum auch nicht? Irgendwie mußten wir ihn ja kontrollieren, diesen jähzornigen Windelpuperrebellen, nachdem er aus dem Koma erwachte und seine Liebe zur Mathematik entdeckte. Es hätte ja sein können, daß er dermaßen aus'm Ruder läuft wie in seinen einfältigen politischen Ansichten. Und er ist es ja auch! Warum muß er immer wieder den Helden markieren? Und warum kann er nicht einfach mal zuhören und mich ausreden lassen? Mehr will keiner von ihm. Darum mußte ich auf Morton schießen, weil er sonst wieder eine Dummheit angestellt hätte. Daß Steve überreagiert hat, ist nicht meine Schuld. Es ist auch im Prinzip nicht weiter schlimm, denn er ist keinem mehr von Nutzen. Er wird nicht gebraucht. Von daher ist sein Verlust nicht weiter tragisch. Wenn wir alle nicht gleich so nervös reagiert hätten, hätte ich Steve nicht zu erschießen brauchen. Ich bin gekommen, um zu verhandeln. Zufrieden, du hysterische Kuh?" schrie er Jennifer letzten Endes an, die noch immer ganz benommen in einer Hocke saß.

„Wieso? Was wollt ihr von ihm?" fragte sie kaum hörbar.

„Die Frage könnte ich dir stellen, junge Lady. Aber natürlich ist unsere Antwort eine andere als deine", erwiderte Kinley, der nach seinem Ausbruch abkühlte.

„Warum hast du ihn nicht auch getötet?"

„Gut gefragt, junge Lady. Doch habe ich diese Frage unlängst beantwortet: Wir brauchen ihn."

„Wozu?"

„Um auf ewig siegreich zu bleiben. Der junge Mr. Ferris mag zwar ein Hitzkopf sein, aber er ist leider auch ein

Genie. Ein Genie, das nicht weiß, was es da mit seiner Formel und seinem kleinen Programm geschaffen hat. Er hält beides für den Ausdruck der höchsten Harmonie. Wie recht er hat!! Und wie naiv er zugleich ist. Der Zustand höchster Harmonie ist nicht die Liebe, sondern der Tod. Mit seiner Formel lassen sich Waffensysteme entwickeln, die unbezwingbar sind. Würde man sein kleines, unscheinbares Programm ins Internet einschleusen und zum Laufen bringen: Es wäre das Ende des Internetzeitalters." Kinley machte eine bedeutungsvolle Pause, bevor er fortfuhr: "Doch wer hätte Interesse an solchen Waffen? In wessen Interesse läge der Absturz der menschlichen Zivilisation? In keinem. Selbst Terroristen würden davor zurückschrecken, denn was wären sie ohne das, was sie bekämpfen? Darum aber brauchen wir Mr. Ferris und sein Können. Wir müssen über die Fähigkeit verfügen, potentiell allem mit einem Schlag ein Ende zu bereiten. Wir brauchen ihn für die Entwicklung der ultimativen Abschreckung, junge Lady."

„Und wenn er nicht will?"

„Verliert er seine verbliebene Hirnhälfte", sagte Kinley und richtete die Waffe auf Mortons Gesicht. „Wär nur schade drum, hab ich nicht recht?"

„Er will doch nur glücklich sein", rief Jennifer, in die angesichts der Bedrohung augenblicklich die Lebensgeister zurückkehrten.

„Glück hat seinen Preis. Weißt du das nicht?" fragte sie Kinley.

„Richten Sie Ihren Auftraggebern aus, daß er unter diesen Bedingungen auf sein Glück verzichtet", krächzte Morton schwach.

„So sei es", sprach Kinley das Urteil, während sich im gleichen Moment Jennifer aufheulend über Morton warf.

Ein Schuß fiel, dem sich ein Tumult anschloß, den Jennifer nicht zu deuten verstand, weil sie nicht wußte, ob sie schon tot oder noch am Leben war. Sie dachte auch nicht daran ihre fest zugekniffenen Augen zu öffnen, um herauszufinden, was im Gange war, vor lauter Angst, etwas zu erblicken, was sie nicht erblicken wollte. Erst als sie die Tür ihres Flurwandschranks zuschlagen hörte, wagte sie ein Auge zu riskieren.

Lucien und Roberta mühten sich mit Leibeskräften, die Tür geschlossen zu halten, um eine übermenschliche Kraft am Ausbruch zu hindern. Jennifer verstand immer noch nicht.

„Seid ihr immer noch hier?? Schaff ihn endlich raus!!" schrie Lucien ihr zu.

„Was soll ich tun?" schrie sie unter Tränen. Ihr Verstand kehrte nur langsam zurück.

„Verpißt euch! Solange wir ihn zurückhalten können", brüllte Lucien sie an. Die Tür wankte und schwankte. Lange schien sie unter dem Ansturm der übernatürlichen Kraft nicht mehr zu halten.

„Beeil dich. Rette Ferris!" rief Roberta verzweifelt. Ein Schuß wurde aus dem Schrank abgefeuert.

Unbeholfen raffte Jennifer sich zusammen und hievte Morton unter Qualen auf die Beine. Er war kaum in der Lage zu gehen, aber er lebte. Die Kugel mochte sonstwo eingeschlagen sein.

Hastig und ungeschickt schleppte Jennifer Morton aus dem Flur ins Treppenhaus. Sie stürzten die Stufen mehr hinunter, als daß sie gingen. Morton war bewußtlos geworden und wurde mit jedem Schritt, mit jedem Stolpern schwerer und schwerer.

Sie hatte gerade mal die Hälfte des Weges nach draußen geschafft, da hörte Jennifer überdeutlich, wie das Holz der Schranktür splitterte und ein erbitterter

Kampf entbrannte. Weitere Schüsse fielen. Sie verstärkte ihre Bemühungen.

Mit zitternden Händen und einem Gefühl des Grauens gelang es ihr im dritten Anlauf endlich, ihren Wagen zu öffnen und Morton mehr schlecht als recht auf den Beifahrersitz zu wuchten, wo sie ihn festgurtete – sicherlich schmerzhaft. Doch was blieb ihr anderes übrig? War da nicht jemand wie ein Berserker wütend im Treppenhaus zu hören? Die Zeit raste und zielte ins Verderben. Ihre Hände verkrampften unter der Anspannung und der Erschöpfung immer mehr.

Für Sekundenbruchteile durchstieß sein Bewußtsein das Schwarz der Agonie, und er fragte: „Warum tust du das?"

Sie, ohne auf sein Gebrabbel zu achten, hatte sich längst hinter das Steuer des Wagens geworfen und schoß mit ihm davon. Sie verschwanden in der Tiefe der Nacht.

2005

Technische Details
zu
Nahtoderfahrungen. GfD

Staub. → Seite 1-12.
Ursprünglich Teil des Romans *KonterR.* (entwickelt und geschrieben in der Zeit vom 09. Januar bis zum 07. (14.) Dezember 2003 in Bochum, Essen und Herne). Im April 2009 aus dem Zusammenhang des Romans gelöst und bearbeitet.

Kanada. Ein Gesäßtaschenroman. → Seite 13-40.
Geschrieben im Zeitraum vom 01.05. bis 19.07.1996 in Sentrup, Remsede und Altınkum/Didim. Erster Versuch einer Computerfassung vom 02.10. bis zum 04.10.1996 in Remsede (die ersten vier Kapitel). In den Computer mit tw. erheblichen Veränderungen übertragen vom 17. auf den 18.02.2004 in Herne, bearbeitet vom 18.02. bis 22.02.2004 in Bochum.

Nahtoderfahrungen. Fiktion. Aus dem Amerikanischen. → Seite 41-78.
Geschrieben vom 05.05.2005 bis zum 07.05.2005. In den Computer übertragen vom 11.05.2005 bis zum 12.05.2005. Stand: 03.04.2011.

The Boy – The Girl: RAPE. Old school. → Seite 79-102.
Geschrieben vom 22.04.2005 bis zum 24.04.2005. In den Computer übertragen vom 30.04.2005 bis zum 01.05.2005. Stand: 04.04.2011.

Die Liebe der Jennifer Daniels. Fiktion. Aus dem Amerikanischen. → Seite 103-157.

Geschrieben vom 11.04.2005 bis zum 13.04.2005. In den Computer übertragen vom 01.05.2005 bis zum 04.05.2005. Stand: 03.04.2011.

Neuzusammenstellung dieses Erzählbandes: 19.02.2010 in Kunsan (Südkorea). Redaktionsschluss: 04.04.2011 in Seoul (Südkorea).
Verfasser: David Jordan.

Ein Titeldatensatz für diese Publikation ist bei der Deutschen Nationalbibliothek erhältlich.
Herstellung und Verlag: Books on Demand GmbH, In de Tarpen 42, 22848 Norderstedt.
ISBN-13: 978-3-8423-5699-3.

Dank an: Judit Coros, Christine Grüger, Michael Schönauer, Mario Vito Schilliró, Heinz H. Menge, F. G., KaZu.

GfD